KB046206

후회

너는 나의

A story of love and
dialogue between
a boy and a girl with
regrets.

[Author]

시메사바

[Illustration]

시구레 우이

presented by
Shimesaba × Ui shigure

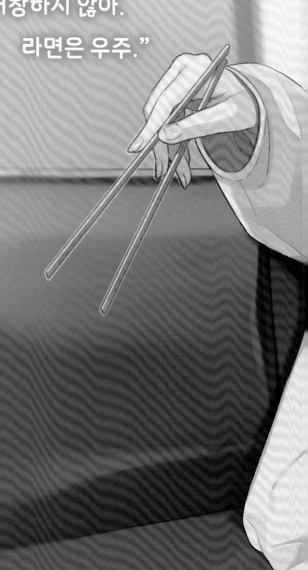

"거창하지 않아.

라면은 우주."

오다지마 카오루

미즈노 아이

"나도야."

"앞으로도 쭉……
이런 풍경을,
유즈루랑 함께 보고 싶네."

사랑이다.

나는 아이를 사랑하고 있다.

알고는 있었지만 격렬하게 자각했다.

나는 어떻게 해야 이 사람 곁에

쭉 머물 수가 있을까.

중학생 시절 · 어느 비 오는 날

CONTENTS

YOU ARE MY REGRET

A story of love and
dialogue between
a boy and a girl with
regrets.

너는 나의 후회
1

시메사바 지음 | **시구레 우이** 일러스트 | **박춘상** 옮김

안도 소스케

고등학교 1학년.

키 173센티미터.

축구부 소속 인싸.

잘생겨서 친구가 많다.

오다지마 카오루

고등학교 1학년.

키 155센티미터.

깨나른한 분위기가 풍기는 여자애.

컵라면을 좋아한다.

CHARACTERS

아사다 유즈루

고등학교 1학년.
키 167센티미터.
성격이 온화하고 독서를 좋아한다.

미즈노 아이

고등학교 1학년.
키 165센티미터.
천진난만하고 호기심 왕성.

PROLOGUE

프롤로그

YOU ARE

A story of love and
dialogue between
a boy and a girl with
regrets.

MY REGRET...

나에게 후회가 있냐고 한다면, 그녀다.

중학생 시절 급속도로 가까워졌다가 결국 헤어지고 말았던 그녀.

그녀는 흥얼거리듯 몇 번이나 내가 좋다고 했다.

나도 그녀를 좋아했기에 그녀가 내뱉은 '좋아한다'라는 말의 의도를 제대로 헤아리지 못하고 부주의하게 받아들이고 말았다.

전부, 실수였다.

그녀는 자유분방한 여자애다.

그 무엇에도 얽매이지 않고, 찰나적으로, 자유롭게 살아가는 여자애.

그런 여자애와 함께 할 각오가, 나에게는 치명적일 만큼 부족했다.

자유롭게 놀러 다니는 그녀를, 정신을 차리고 보니 놓아버렸다.

그리고 그녀는…… 몹시 서글픈 눈빛으로 떠나갔다.

나에게 후회를 안긴 사람은 미즈노 아이다.

그리고 그녀를 받아들일 수 없었던…… 나, 아사다 유즈루 자신이다.

EP.01

YOU ARE

A story of love and
dialogue between
a boy and a girl with
regrets.

MY REGRET...

푹푹 찌는 더위가 이어지는 어느 여름날.

부실 안에 달린 낡은 에어컨을 최대로 가동했는데도 무더위가 가시질 않았다. 끈적끈적한 땀이 살갗에 들러붙어 있다.

미적지근한 온실 같은 방 안에서 오다지마 카오루는 소파에 깊숙이 앉은 채로 김이 모락모락 피어오르는 컵라면을 후루룩 먹고 있었다.

"라면에는 우주가 담겨 있어."

오다지마가 쭈글쭈글한 면을 스스릅 빨아들이며 말했다.

부실 안에서 그 말이 어중간하게 울렸다.

이 안에는 나와 오다지마뿐이니 분명 나더러 들으라고 한 말이겠지.

나는 읽고 있던 문고본에 책갈피를 끼워놓고 탁, 소리가 나도록 덮었다.

"갑자기 웬 거창한 소리야?"

내가 실눈을 뜨자 오다지마가 젓가락으로 이쪽을 척 가리켰다.

젓가락 끝에 맺혀 있던 국물 방울이 바닥에 툭 떨어졌다. 이따가 반드시 닦게 할 테다.

"거창하지 않아. 라면은 우주."

오다지마가 단호히 말하고서 원통형 컵 안에 젓가락을 넣고서 빙글빙글 휘저었다.

"즉 무한이라는 뜻이지. 무한히 펼쳐진 공간 속에서 특출

난 유한을 엄선하여 하나의 그릇 안에 담았어."

"잘 모르겠는데."

나는 모호하게 말장구를 쳤다.

사실 우주는 무한하지 않을지도 몰라, 하고 딴죽을 걸어 줄까 하다가 그만뒀다. 매몰찬 짓인 것 같아서였다.

내가 그런 생각을 하는 동안에도 오다지마는 젓가락으로 컵라면을 휘휘 저으면서 어딘지 유쾌한 말투로 이야기를 이어나갔다.

"무한을 잘라내어 하나의 완벽한 형태로 만들어 낸다. 그래서 이걸 우주라고 하는 거야."

"아아, 그래……."

오다지마는 풀어헤친 와이셔츠 위로 교칙에서 허용하지 않는 색깔의 카디건을 입고 있다. 살짝 갸루처럼 보이는 그녀가 그런 철학적인 소리를 하니 왠지 황당해서 나는 조용히 코웃음을 쳤다.

제 할 말만 하고서 다시 면을 후루룩 먹기 시작한 오다지마를 곁눈으로 본 뒤 나는 문고본을 펼치고서 독서를 재개하려고 했다.

그러다가 문득 떠올랐다.

"그럼, 이것도 우주?"

내가 손에 든 문고본을 휘휘 흔들자 오다지마가 어깨를 들먹였다.

"유즈가 그리 생각하면 그런 거 아냐?"

"뭐야, 그게, 대충이네."

"대충은 무슨. 원래 그런 거래도."

오다지마가 별일 아니라는 듯 말하고서 또다시 면을 후루룩 빨아들였다.

면을 잘 빨아들이네, 라는 생각이 문득 들었다.

오다지마가 컵라면에 집중하기 시작하자 나도 다시금 독서를 재개했다.

독서부.

내가 소속된 이 부활동의 이름이다.

그 명칭대로 '독서'를 하는 부이긴 한데, 제대로 활동하는 부원은 나뿐이다.

나머지는 순 유령부원들뿐이고, 소파에서 라면을 먹고 있는 오다지마도 그중 하나다.

원래 학교 매점에서 산 게 아닌 음식물을 교내에서 먹는 건 교칙 위반이다. 그러나 아무리 입 아프게 떠들어도 그만둘 기미가 없는지라 그냥 포기하고서 묵인하고 있다.

당연히 학교에는 물을 끓이기 위한 설비도 없다. 오다지마는 전기포트를 부실에 가져와 사용하고 있다.

교칙 위반을 감추기 위한 방패막이쯤으로 이용하고 있다는 걸 알면서도 다른 부원이 얼굴을 내밀어 준 것 자체는 기쁘긴 하다.

섣불리 잔소리를 쫑알쫑알 했다가 오다지마가 발길을 영영 끊어버릴지도 모를 일이다. 그건 조금 쓸쓸하다.

"아, 그러고 보니."

오다지마가 면을 대강 다 먹고서 국물이 대량으로 남은 컵을 탁자 위에 올려뒀다. 그리고 불현듯 떠오른 것 같은 투로 말했다.

"전학생 얘기, 들었어?"

오다지마가 입을 열자 나는 책을 팍 덮었다. 생각보다 큰 소리가 나버렸다.

오다지마가 놀랐는지 어깨를 흠칫 떨고서 미간을 찡그렸다.

"미안, 독서, 방해했어?"

"아냐, 괜찮아. 나야말로 미안."

그럴 생각은 없었지만 결과적으로 위압감을 주고 말았구나 싶어서 반성했다.

오다지마는 그걸 '독서를 방해하지 마'라고 받아들인 모양이다.

나는 문고본을 책상 위에 두고서 오다지마 쪽을 봤다.

"전학생, 3반이었던가? 오늘 아침에 소문이 돈 것 같긴 하던데."

"맞아~ 맞아. 이런 시기에 전학을 오는 건 특이하니까. 게다가⋯⋯."

오다지마가 거기까지 말하고서 한쪽 입꼬리를 대담하게 씨익 올렸다.

"엄~청 미인이래."

"오호……."

솔직히 흥미가 별로 없었다. 그러나 퉁명스럽지 않을 정도로만 말장구를 쳐뒀다.

"아하, 흥미가 없나 봐."

"으~음, 뭐. 다른 반의 전학생이랑 얽힐 기회도 없을 테니까."

"미인인데도?"

"내가 미인한테 다가가서 추파라도 던질 성격으로 보여?"

내가 되묻자 오다지마가 홋, 하고 코웃음을 치고서 어깨를 들먹였다. 이런 경우에 아무 말도 하지 않는 건 부정한다는 뜻이겠지.

오다지마가 제공한 화제는 나에게 너무나도 남 일 같았다. 그래서 자연스럽게 문고본을 다시 들었다.

지금 한창 재밌는 대목이다. 이번 권을 마지는 대로 후속 권을 바로 읽고 싶다.

그런 생각을 하고 있는 내 머릿속 흐름을 끊어내듯 오다지마가 말했다.

"이름이 아마…… '미즈노 아이'라고 했던가?"

파이프 의자가 덜컹, 하고 소리를 냈다.

오다지마의 눈이 휘둥그레졌다.

나는 머리보다 먼저 몸이 반응하여 벌떡 일어서 버렸다.

"……왜 그래?"

"아아, 아냐……."

나는 식은땀을 흘리면서 파이프 의자에 다시 천천히 앉았다.

"······아는 사람 이름이랑 똑같아서."

내가 말하자 오다지마가 '오호~!' 하고 짐짓 싹싹하게 웃어 보였다.

"의외로 그 본인일수도?"

오다지마가 말했지만, 그 말은 내 머릿속을 스치고 지나갔다.

나는 상상조차 하지 못한 그 이름을 이 자리에서 갑자기 듣고서 동요했다.

내가 중학교 시절에 교제했던 여자애 이름도 미즈노 아이였다.

부모님의 사정으로 전학을 갔던 그녀가 내가 다니고 있는 학교로 돌아오다니 터무니없는 확률이구나 싶었다.

그저 동성동명이겠거니 생각을 고쳐먹었다.

솔직히 지금 당장 오다지마에게 '한자는? 어떤 글자를 써?' 하고 물어보고 싶기도 하다. 그러나 필사적으로 질문한다면 눈치가 빠른 오다지마는 나와 그녀의 관계를 짐작할지도 모른다.

"후~······."

몸속의 열기를 토해내듯 깊은 한숨을 내뱉고서 나는 다시 문고본을 펼쳤다.

그리고 혼란스러운 머릿속을 가라앉히고자 문자의 바닷

속으로 몸을 던졌다.

……그러나 책 내용이 시각적인 정보로서 뇌에 전해지기만 뿐 머릿속에는 거의 들어오지 않았다.

딩, 동. 최종 하교 시각을 알리는 종이 울리자 나는 책을 덮었다.

소파에서 오다지마가 스마트폰을 만지작거리고 있다. 내가 책에서 눈을 떼자마자 그녀도 고개를 들었다.

"집에 가게?"

"그야, 뭐."

최종 하교 시각이니 별수 있어? 라는 의미를 담아서 말하자 오다지마가 콧소리를 흥 내고서 스마트폰을 카디건 주머니에 휙 넣었다.

참고로 교내에서 스마트폰을 사용하는 것 역시 교칙 위반이다.

오다지마가 부실 밖으로 경쾌하게 탓탓탓 소리를 내며 달려나갔다.

나는 창문을 잠그고서 커튼을 쳤다. 그리고 오다지마를 따라서 부실 밖으로 나갔다.

마무리로 열쇠 구멍에 열쇠를 꽂고서 철컥 돌렸다.

"통 집중하질 못하던데."

"뭘."

"독서."

"그렇게 보였어?"

내가 되묻자 오다지마가 짓궂게 씨익 웃고서 고개를 끄덕였다.

"전학생 얘기가 나오고, 계속 딴생각을 하는 것 같던데?"

"그래⋯⋯."

나는 무뚝뚝하게 중얼거리고서 열쇠를 구멍에서 뽑았다.

미닫이문을 여러 번 당겨서 단단히 잠겼는지 확인하고서 나는 숨을 내쉬었다.

사실 전학생 이름을 들은 순간부터 나는 이름이 같은 그녀를 자꾸만 떠올렸다.

그녀는 그만큼, 내 마음속에 커다란 할퀸 자국을 남겼으니까⋯⋯.

문단속을 마치고서 열쇠를 반납하고자 발걸음을 떼려고 하니 오다지마가 내 팔을 당겼다.

"그, 미즈노 아이라는 애 말이야⋯⋯, 유즈의 뭐야?"

평소에는 종잡을 수 없이 실실거리며 속내를 잘 드러내지 않던 오다지마가 내 눈동자 속을 물끄러미 들여다봤다.

살짝, 당황하고 말았다.

오다지마가 이런 표정을 지었을 때는 어물쩍 얼버무리려고 시도해 봤자 소용없음을 그녀와 오랫동안 알고 지낸 사이로서 잘 알고 있다.

뭐라고 해야 좋을까⋯⋯. 잠시 생각했다.

그리고 솔직히 말하기로 했다.

"⋯⋯나도, 잘 몰라."

내가 대답하자 오다지마는 뭐라 표현할 수 없는 표정으로 고개를 갸웃거렸다.

"그래도…… 잊을 수 없는 존재인 건, 틀림없어."

내가 그렇게 덧붙이자 오다지마는 생긋 웃고는 '그렇구나' 하고 고개를 끄덕였다.

"그럼 정말로 그 전학생이 걔였으면 좋겠네."

오다지마가 그렇게 말했다.

"왜?"

내가 물어보니, 오다지마가 마치 별일 아니라는 듯이 툭 내뱉었다.

"왜냐면 잊을 수 없을 정도로 소중하다는 거잖아."

나는 그녀에게 돌려줄 수 있는 말이 없었다.

내가 입을 다물자 오다지마가 콧소리를 흥 내고서는 실내화를 타박타박 내딛으며 내 앞으로 뛰쳐나왔다.

"열쇠, 맡겨도 되지?"

"물론. 평소처럼 반납해 둘게."

"응. 부탁해."

오다지마는 고개를 끄덕이고서 '그럼 내일 봐' 하고 한 손을 들어올리고는 신발장 쪽으로 걸어갔다.

나는 그녀의 뒷모습을 바라보며 한숨을 내뱉었다.

'잊을 수 없을 정도로 소중하다'라는 오다지마의 말을 곱씹으면서 나는 교무실로 이어지는 계단을 올랐다.

정말로 그럴까?

분명 나는 죄책감에 사로잡혀 있을 뿐이다.

그녀 곁으로 부주의하게 다가갔다가 그녀가 보내는 호의가 무슨 의미인지 제대로 헤아리지 못한 채 결국 그녀에게서 떨어지고 말았다.

내 행동이 그녀에게 상처를 줬을지 안 줬을지……, 그조차도 나는 알지 못한 채 관계를 끊고 말았다.

"실례합니다."

교무실 안쪽에 있는 열쇠함에 부실 열쇠를 반납하고 명부에 이름을 기재하고……. 나는 늘 하는 절차를 마치고서 신발장 쪽으로 향했다.

어둑한 신발장에서 실내화를 벗고 실외화로 갈아 신었다.

바깥에서 운동부 학생들이 왁자지껄 정리를 시작하는 소리가 들려왔다.

이 시간대의 학교를 좋아했다.

'오늘'이라는 작은 단위가 끝나고 모두들 귀로에 오른다. 그 과정에서 저절로 다리가 '내일'로 향한다.

멈추지 않는 시간 속에서 이 적막함과 안심감을 마음으로 느끼면서 일상을 새겨나간다.

말로 표현해 보면 별 대수롭지 않긴 하지만, 구태여 말로 치환하지 않으면 무의식적으로 흘러가 버리는 이런 시간이 좋다.

그리고 대개 이런 시간대에 무언가 극적인 사건이 벌어지곤 한다.

평소였다면 신경 쓰지 않았을 운동장 쪽으로 문득 시선이 갔다.

그곳에 이상한 광경이 펼쳐져 있었다.

운동장 한가운데에 대(大) 자로 누워 있는 여학생이 있었다.

그것도 교복 차림으로.

부활동을 마치고서 정리를 시작한 운동부 학생들이 기이하게 쳐다보는데도 전혀 아랑곳하지 않고 교정에 누워 있는 그 여자애의 얼굴이 낯이 익었다.

심장이 철렁 내려앉았다.

이끌리듯, 나는 천천히 운동장 쪽으로 다가갔다.

"뭘, 하고 있는 거야?"

내가 운동장에 누워 있는 '소녀'에게 말을 걸자 그녀가 하늘을 올려다보며 대답했다.

"하늘을 보고 있어."

"왜, 이런 데서."

"오늘부터 매일 지내게 될 학교의 한가운데서 보는 하늘이 어떤 느낌일지 궁금해져서."

"서서 올려다보면 되잖아."

"운동장에 벌러덩 누우면 이 학교랑 친해질 수 있을지도 모르잖아?"

그 모습도, 목소리도, 그리고 말투까지도……, 그 모든 것이 내 기억 속에 있는 한 인물과 일치했다.

뜨거운 숨이 새어 나왔다.

나는 온몸으로 땀을 흘리면서 그녀의 이름을 불렀다.

"이제 하교할 시간이야……, 미즈노."

내가 말하자 하늘을 올려다보던 소녀가 고개를 쓱 들어서 내 얼굴을 봤다.

그 눈이 서서히 커져갔다.

"……유즈루?"

"……응. 오랜만이야, 미즈노."

내가 어색하게 웃으며 대답하자 그녀가 미묘한 표정으로 중얼거렸다.

"미즈노……."

그녀는 그 호칭을 듣고서 순간 의아했는지 시선을 잠시 헤매다가 이내 벌떡 일어서서는 치맛자락을 팡팡 털었다.

그러고는 나에게로 달려와 두 손을 잡았다. 높은 체온의, 아주 익숙한 손이다.

"오랜만! 또 만나게 될 줄은 몰랐어, 유즈루!"

"……나도야."

눈빛을 반짝이는 '미즈노 아이' 앞에서 어떤 표정을 지어야 할지 몰라서 모호하게 미소 지었다.

이렇게 미즈노 아이는 내 앞에 다시 나타났다.

내 머릿속에 여러 번이나 그림자를 드리웠던 그녀가 실체를 갖고서 내 눈앞에 서 있다.

그 현실 속에서 나는 현기증을 느꼈다.

나는 해 질 녘에 숨 쉬는 '일상'을 좋아한다.

그러나 오늘의 해 질 녘은 어마어마한 '비일상'을 나에게
가져왔다.

EP.02

2장

YOU ARE

A story of love and
dialogue between
a boy and a girl with
regrets.

MY REGRET...

"나, 널 좋아하는 것 같아."

"……어?"

중학생 시절 아이가 정말로 뜬금없이 나에게 고백했다.

나는 눈을 희번덕거리며 물었다.

"그, 그 말은…… 나, 남녀의 교제를, 의미하는…… 호감이야?"

아이는 뺨을 살짝 붉히고서 고개를 끄덕였다. 그 움직임에 맞춰 그녀의 검은 머리칼이 사라락 흔들렸다.

"응……, 앞으로도 함께 있어 줬으면 좋겠어……."

"그, 렇구나……."

내 심장이 격하게 뛰었다.

나비처럼 자유롭게 날아다니는 아이를 보다가 나도 마찬가지로 그녀에게 끌렸다.

수분을 잃어 바짝바짝 마른 목을 쥐어짜서 내납했다.

"그럼…… 사귈까?"

내가 그렇게 말했을 때 꽃이 핀 것처럼 활짝 웃던 아이의 얼굴이.

"응! 앞으로도 잘 부탁해, 유즈루!"

나는 아직껏 잊히지가 않는다.

"아버지 일 때문에 중학교 때 간사이 지방으로 전학을 갔다가…… 다시 이쪽으로 돌아온 거야."

"그랬구나."

"근데 이 학교가 집에서 가장 가까워서 편입한 건데 설마 유즈루가 있을 줄은 몰랐어."

"응…… 그러게."

아이가 내 옆에서 걸으면서 즐거운 듯 말했다.

나는 여전히 어떤 표정으로 그 이야기를 들어야 좋을지 몰라서 그저 모호하게 말장구만 치고 있다.

오랜만에 만난 아이는 분위기가 살짝 바뀌었다. 그러나 말투와 표정이 화제에 맞춰서 잇따라 바뀌는 면은 전혀 달라지지 않았다.

아이가 문득 재잘거리던 입을 다물고서 내 옆모습을 들여다봤다.

"왜 그래……? 혹시 나랑 만나고 싶지 않았던 거야?"

불안하게 흔들리는 그녀의 눈동자를 곁눈으로 보다가 나는 황급히 시선을 돌렸다.

"아니, 딱히, 그런 게 아니라……."

나는 대답하면서도 속으로는 만나고 싶지 않았을지도 모르겠다고 생각했다.

질질 끌어온 과거가 느닷없이 눈앞에 나타나면서 당혹스러움과 공포를 동시에 안겨줬다.

본인을 '차버린 상대' 옆에서 전혀 개의치 않고 즐겁게 재잘대는 그녀에게 무슨 말을 해야 좋을지 모르겠다.

"미즈노는……."

내가 겨우 입을 떼자 아이가 뾰로통한 얼굴로 검지를 내

35

입에 댔다. 깜짝 놀랐다.

이렇게 거리감이 너무 가까운 점도 바뀌지 않았다.

"서먹서먹한 호칭은 그만. 예전처럼 이름으로 불러 줘."

"하지만……."

"서로 못 본 지가 조금 오래됐다고 해서 그렇게 서먹서먹
하게 굴 건 없잖아."

내가 말을 채 끝내기도 전에 아이가 그렇게 덧붙였다. 그
러나 나에게는 그렇게 간단한 문제가 아니었다.

아이가 '서로 못 본 지가 조금 오래됐다'라고 말하긴 했지
만, 나와 아이의 사이에서는 시간만 흐른 것이 아니라 관계
성도 변했다. 분명 변했다.

그러나 역시나 아이는 그런 내색을 전혀 하지 않았다.

나만 신경 쓰고 있나?

입씨름을 해 본들 끝이 없기에 나는 일단 타협하자는 마
음으로 고개를 끄덕였다.

"알겠어……, 아이."

"헤헤, 왜애?"

아이가 간지럽다는 듯 웃었다.

나는 숨을 살짝 내뱉고서 줄곧 마음에 걸렸던 것을 물어
보기로 했다.

"넌, 아무렇지도 않아?"

"뭐가?"

아이가 고개를 갸웃거리고서 작은 새처럼 동그란 눈동자

로 나를 쳐다봤다.

"저기…… 그러니까……."

나는 우물쭈물거리면서 말을 이었다.

"내가…… 널…… 차버렸잖아?"

다 지나간 과거인데도 자칫 비난이라도 들을까봐 말꼬리를 올리며 최대한 부드럽게 전하려는 내 스스로가 혐오스러웠다.

내 말을 듣고서 아이가 눈을 동그랗게 떴다.

그러고는 어리둥절한 얼굴로 고개를 끄덕였다.

"응, 아무렇지 않아! 왜냐면 어쩔 수 없었잖아?"

그 대답에 나는 깜짝 놀랐다.

그 과거를 마음에 담아두고 있었던 사람은 나뿐이었다.

심장이 몸속에서 물리적으로 철렁 내려앉은 듯한 감각에 휩싸였다.

마음속에 똬리를 틀고 있던 커다랗고 커다란 과거의 상처.

나는 마음 한구석에서 아이도 그 과거에 연연해주길 바랐을지도 모른다.

그런 유치한 내 자신이 싫어졌다.

"그래……, 그럼 다행이고."

뭐가 다행이냐고 스스로에게 물어보면서.

나는 미소를 지어 보였다. 동시에 속으로는 뭘 그리 웃고 있느냐고 혀를 찼다.

"유즈루, 그게 마음에 걸려서 데면데면했던 거야?"

"뭐…… 그렇지, 응."

"그랬구나. 그럼…… 미안해."

아이가 느닷없이 사과하자 나는 당황했다.

"어, 어째서 아이가 사과를 해?"

"왜냐면…… 내가 유즈루랑 헤어지고서 금방 이사를 가버렸으니까."

"그건 부모님 사정 때문이었잖아?"

"응…… 그래도 한마디 정도는 해줬으면 좋지 않았을까, 싶어서."

그 대목에서 아이는 비로소 살짝 애달파하는 듯한 표정을 지었다.

그래, 우리가 헤어지고 얼마 지나지 않아 그녀는 갑작스레 전학을 가버렸다.

이별을 고한 날로부터 난 한 마디도 나누지 못하고, 아이는 내 앞에서 사라졌다.

서로 연락처를 교환해 두긴 했지만……, 어떤 말을 건네야 좋을지 몰라서 망설이다가 결국에는 메시지 교환조차 끊겨 버렸다.

선생님으로부터 부모님 사정으로 전학을 갔다고 듣긴 했다. 그럼에도 내 마음속에는 응어리가 남았다.

그러나 아이가 없어져서 적잖이 안심한 것도 사실이긴 하다.

내가 봐도 그 시절의 나는……, 아니, 지금의 나도 어처구

니가 없다.

"미안해……. 내가 용기가 없었던 탓에……."

"어?"

아이가 툭 내뱉은 그 말에 놀라서 그녀 쪽으로 시선을 돌렸다. 그러나 아이는 분위기를 환기하듯 생긋 웃었다.

"여하튼! 또 만나서 반가워!"

"아, 그래……."

"민폐가 아니라면 앞으로도 친하게 지내자!"

아이는 그렇게 말하고서 가련한 미소를 머금은 채 교문으로 달려갔다.

그 뒷모습조차 내 기억 속 아이의 모습과 정확히 겹쳐져 나는 더더욱 마음이 쓰라렸다.

그녀의 뒷모습이 순식간에 시야에서 사라졌지만 나는 제자리에 우두커니 서 있었다.

"앞으로도 친하게 지내자……고?"

그렇게 중얼거리고서 나 역시 무거운 발걸음으로 교문을 향해 걸어나갔다.

"친하게 지내서…… 뭘 어쩌자는 거야."

이제는 다시 연인 사이로 돌아갈 수 있을 리가 없다.

그럼 또 친구로 돌아가는 건가? 그게 가능할까? 이 마음속 상처를 질질 끌면서…….

그런 생각을 하다가 과거를 떨쳐내지 못하는 연약한 자기 자신에게 또 실망했다.

거의 저물어 버린 석양을 곁눈으로 보면서 나는 우울한 심정을 토해내듯 깊이, 긴 숨을 내뱉었다.

3
장

YOU ARE

A story of love and
dialogue between
a boy and a girl with
regrets.

MY REGRET...

"얘, 유즈루. 이제 곧 비가 내릴 것 같아."

중학생 시절…… 어느 날 방과 후.

나란히 걷던 아이가 갑자기 그런 소리를 하기에 나는 눈을 여러 번 껌뻑이고서 고개를 갸웃거렸다.

"예보에서 오늘은 하루 종일 구름만 낄 거라고 하지 않았나?"

나는 말하면서 자연스럽게 학교 가방을 만지면서, 그 안에 들어 있는 접이식 우산을 떠올렸다. 엄마가 '일단 가져가 봐!'라면서 떠민 우산이다.

"일기예보? 그래? 안 봐서 모르겠네."

아이가 어리둥절한 표정으로 나를 보고서 하늘을 올려다봤다. 그러고는 코를 킁킁거렸다.

"아까부터 비 냄새가 풍기길래."

아이가 말하고서 눈을 감았다.

나는 그 옆모습을 넋을 잃고 바라봤다.

아이는 눈을 감은 채로 스읍~…… 하고 숨을 깊이 들이마셨다. 그러고는 휴우, 하고 뱉어냈다.

그녀가 감았던 눈을 뜨고서 나를 쳐다봤다. 동글동글한 눈동자로 갑자기 쳐다봐서 나는 황급히 시선을 돌렸다.

"있지, 유즈루도 맡아보지 그래? 비 냄새."

"아, 비 냄새라고……?"

"맡아보면 안대도. 자, 눈을 감고 말이야. 코로 공기를 천천히 들이마시고……."

아이가 채근하자 나는 눈을 감았다.

시야가 컴컴해졌다. 방금 전까지 머리 위를 뒤덮고 있던 두꺼운 먹구름이 완전히 사라져 버렸다.

"스읍~……."

아이가 옆에서 요가 트레이너처럼 심호흡을 하라고 재촉했다. 나는 시키는 대로 코로 공기를 서서히 들이마셨다.

공기가 축축했다.

눈을 감으면 후각이 예민해지는 건지 놀랍게도 아까 전까지만 해도 느낄 수 없었던 냄새가 풍겼다.

흙과 식물 같은…… 살짝 독특하면서도 그윽한 내음.

장마철에 갑자기 비가 쏟아질 때 풍기는 듯한…… 그런 내음.

이렇게 의식하지 않는 한 알아차릴 수 없는 독특한 냄새.

"……이게, 비 냄새?"

내가 눈을 감고서 묻자 아이가 기뻐하며 응응, 하며 고개를 끄덕였다.

"참 재밌어. 이 세계에는 말이야, 우리가 도저히 이해할 수 없는 구조가 있고, 리듬이 있는데…… 그 끄트머리에서 풍기는 냄새가 우리한테까지 날아오는 거야."

"구조…… 리듬……."

나는 그녀의 입에서 나온, 잘 와닿지가 않는 단어를 들리는 대로 되읊었다.

아이가 반짝이는 눈동자로 하늘을 올려다봤다.

"냄새가 다양해서 재밌어. 사계절 냄새…… 비 냄새……
햇님 냄새……."

아이가 그렇게 말하고서 다시금 눈을 감았다.

그리고 그녀가 스읍~…… 하고 코로 공기를 들이마시자
마자.

툭.

아이의 얼굴에 물방울 하나가 떨어졌다.

"아."

아이가 놀랐는지 눈을 뜨고서 나를 홱 돌아봤다.

뚝, 뚝. 하늘에서 빗방울이 떨어지기 시작했다.

"아하핫!"

아이가 천진난만하게 웃고서 껑충껑충 뛰듯 제자리에서
발을 굴렀다.

"거봐! 비!"

아이가 꺄르륵 웃으며 두 팔을 벌렸다.

순식간에 빗줄기가 굵어지더니 주변에 장대비가 쏟아졌다.

나는 황급히 학교 가방을 열었다. 떠밀었을 때 챙기길 잘
했다……고 여기면서 접이식 우산을 펼쳤다.

"아, 아이! 그러면 젖는다니까!"

나는 태연하게 두 팔을 벌린 채 까불고 있는 아이에게 말
했다. 그녀는 싱글벙글 웃으며 고개를 가로저었다.

"우산 안 가져왔~어!"

"난 갖고 왔어! 자, 들어와."

내가 접이식 우산을 내밀자 아이가 다시 천진난만하게 웃었다.

"이렇게 조그마한 우산을 둘이서 함께 쓰면 결국 둘 다 젖어버릴걸?"

"괜찮아, 온몸이 흠뻑 젖는 것보다는 낫겠지."

"얘, 어디서 비가 그치길 기다렸다가 가자. 허둥지둥 돌아가기에는 너무 아쉬운걸!"

아이가 즐겁게 웃었다.

아무리 제지해도 아랑곳하지 않고 앞으로 나아가는 아이를 나는 황급히 쫓았다.

"유즈루! 빨리 와~!"

나를 돌아보며 순진한 미소를 머금은 채 손을 뻗는 아이.

나는 고개를 끄덕였다. 혼자서만 우산을 쓰는 것도 바보 같아서 접이식 우산을 가방에 넣고서 그녀를 쫓았다.

아이는, 언제나…… 나와는 다른 세계에 살고 있었다.

그 무엇에도 구애받지 않고 자유롭게……, 그렇기에 학교 애들이 뒤에서 '괴짜'라고 속닥거리긴 하지만, 그래도 나는 '그 무엇에도 구애받지 않고 자유롭게 살아가는 것'이야말로 그녀의 아름다움이라고 생각했다.

아이는 세계의 모든 것들을 정면으로 받아들이고는 그 하나하나마다 신선한 단어를 부여해 나간다. 그 일부분을 받아들이니 내 세계도 조금씩 반짝거리는 것 같은 기분이 들었다.

같은 땅에 서 있을 텐데도 나와 그녀가 보는 것은 전혀 다르다.

내 눈에는 그런 그녀가 몹시도 눈부시게 비쳐서…… 언제나, 살짝 실눈을 짓곤 한다.

믿기지 않을 만큼 아름답고, 나보다 훨씬 섬세하게 세계를 바라보는 아이.

언젠가 그녀 옆에서…… 그녀가 느끼는 세계를 나도 체험해 보고 싶었다.

똑같은 것을 보고…… 똑같이 웃고 싶었다.

그러나 아이가 발하는 그 찬란한 빛은 가까이 가면 갈수록 나에게서 멀어져갔다……. 그녀를 필사적으로 쫓아가는 게 고작이었다.

그리고 언젠가 나는…… 그녀를 쫓아가는 발걸음조차, 멈추고 말았다.

× × ×

"우와, 역시 동일 인물이었구나. 운명이네."

수업을 앞둔 교실.

오다지마가 스마트폰 화면을 착착 터치하면서 말했다.

남 일처럼 중얼거린 그 '운명'이라는 단어에 나는 무심코 인상을 찌푸렸다.

"그런 로맨틱한 상황이 아니래도."

내가 한숨을 섞으며 대답하자 오다지마가 내 얼굴을 몇 초쯤 쳐다본 뒤 실소를 터뜨렸다.

"옛 지인인 미소녀랑 재회했는데 이 세상이 다 끝난 것 같은 표정을 짓는 녀석이 다 있네."

"그런 거창한 표정 지은 적 없어. 그보다도 교내에서는 스마트폰 금지."

"다들 쓰고 있어."

"너처럼 당당하게 사용하는 사람은 없어."

"어찌 됐든 쓰면 쓴 거지 뭘~."

오다지마가 성가신 듯 내뱉고서 스마트폰을 학교 가방 안에 툭 던졌다.

그러고는 눈을 치뜨고서 나를 쳐다봤다.

"그래서 유즈, 어쩔 거야?"

"어쩔 거냐니, 뭐가?"

"그야, 그 미소녀 전학생 말이야. 관계를 되돌릴 거야?"

"뭐뭐, 뭔 소리야? 관계를 되돌린다니."

오다지마가 말하자 나는 노골적으로 당황하고 말았다.

그녀가 입꼬리를 씨익 올리고서 손가락으로 나를 가리켰다.

"그냥 던져본 말이었는데. 역시 사귀었던 사이였네."

"……."

내가 입을 꾹 다물고서 언짢아하자 오다지마가 눈을 끔뻑거리고서 '아~' 하고 목소리를 흘렸다.

"미안하다니까. 화내지 마."

"화 안 났어."

"놀리려는 의도는 딱히 없대도."

오다지마가 그렇게 전제를 깔아두고서 책상 너머로 몸을 내밀고서 나직이 말했다.

"유즈가 진심이라면, 저기…… 여러모로, 도와줄 수도 있고 말이야."

"됐어, 그건……."

나는 얼굴을 잔뜩 찡그리며 고개를 가로저었다.

"그런 게 아냐."

"그게 어딜 봐서 '그런 게 아닌' 표정인지……."

오다지마가 입술을 삐죽 내밀고서 작게 뱉어냈다.

나는 짜증이 치밀어서 혀를 차고 싶었지만 꾹 참고서 말했다.

"아까부터 왜…… 그러는 거야……."

오다지마에게 불평을 하려고 벌린 입이 그대로 굳어버렸다.

오다지마가 내 모습을 보고 한쪽 눈썹을 치올리고서 내 시선이 향한 곳을 쳐다봤다.

"아."

오다지마 뒤에 마침 화제에 오른 미즈노 아이가 싱글벙글 웃으며 서 있었다.

오다지마가 어리둥절한지 어깨를 들먹였다.

"좋은 아침, 유즈루. 그리고…… 음?"

아이가 나에게 미소를 보내고서 뒷자리에 앉아 있는 오다지마 쪽을 쳐다봤다.

"오다지마 카오루. 잘 부탁해."

"오다지마 씨! 미즈노 아이라고 해! 잘 부탁해."

오다지마가 살짝 긴장한 목소리로 자기소개를 했다. 아이가 태평하게 미소 지으며 자기소개를 했다.

그리고 나와 오다지마를 번갈아 보고서 고개를 갸웃거렸다.

"두 사람은 친한 사이?"

"뭐, 응…… 사이가 좋다고…… 해야 하나? 같은 부에서 활동하니까."

나는 대답을 하면서 오다지마 쪽을 힐끔 쳐다봤다.

내가 멋대로 '사이가 좋다'라고 대답해 버려서 오다지마가 싫어할 줄 알았는데, 그녀는 딱히 괘념치 않고 머리카락 끝을 만지작거리고 있었다.

아이가 눈빛을 반짝이며 몸을 내밀었다.

"부활동! 유즈루, 부활동을 하는구나. 무슨 부?"

"……독서부."

"우와~! 옛날부터 책 읽기를 좋아했었지!"

아이가 '옛날부터'라고 말하자 오다지마가 내 쪽을 힐끗 쳐다봤다. 내가 의식하고서 쳐다보자 금세 시선을 휙 돌려 버렸다.

"……그래서 뭐 하러 온 거야?"

아이가 느닷없이 찾아와서는 두서없이 대화를 이어나가자 나는 조바심을 내며 말했다.

근처 동급생들이 이쪽을 주목하고 있는 게 피부로 느껴진다. 솔직히 마음이 불편하다.

"뭐 하러, 라니……."

아이가 천연덕스럽게 말한다.

"복도를 걷다가 유즈루가 보이길래 말을 걸었을 뿐."

"……그게 다야?"

"응, 그게 다야! 그럼 난 교실로 돌아갈게. 또 봐!"

아이가 천진난만하게 웃으며 나와 오다지마에게 손을 흔들고서 종종걸음으로 교실을 나갔다.

주변에서 동급생들이 저마다 속닥거리기 시작했다.

나와 오다지마는 아이가 나간 쪽을 몇 초간 말없이 지켜봤다.

오다지마가 내 쪽으로 고개를 서서히 돌리고서 말했다.

"너희들, 왜 헤어진 거야? 쟤, 유즈를 무지 좋아하잖아."

"……."

나는 조용히 책상 쪽으로 몸을 돌리고서 1교시 수업을 준비하기 시작했다.

"내가 묻잖아."

뒷자리에서 오다지마가 내 어깨를 툭툭 찔렀지만 무시했다.

때맞춰 예령이 울렸다.

……전에도, 이랬다.

아이는 붙임성이 좋아서 나를 발견할 때마다 손을 흔들거나, 다가와 말을 걸곤 했는데……, 마치 어미를 따르는 강아지 같았다.

그러나 동시에 그녀는 고양이 같기도 해서…….

무언가에 푹 빠지면 나 같은 건 거들떠보지도 않았다.

하고 싶은 게 생길 때마다 지체 없이 마음껏 한다.

그녀가 다가온 이유는 그것의 일환에 불과했고……, 하루하루가 그녀의 기분에 좌우되었다.

나를 좋아한다는 아이의 말을 믿고서 교제를 시작했지만, 나보다도 '하고 싶은 일'을 우선하는 그녀를 쫓아가는 것이 차츰 버거워졌다.

아이의 마음속에는 나를 향한 호감이 있었을지도 모른다. 아니, 확실히 있었을 거다.

다만 나는 그녀의 마음을 강하게 '실감'할 수가 없었다.

그저 그뿐이었다.

"……유즈, 화났어?"

불현듯, 뒤에서 조심스러운 목소리가 들려왔다. 나는 한숨을 내쉬었다.

솔직히 누군가가 아이에 관해 이리저리 캐묻는 건 지긋지긋하지만, 오다지마에게 나쁜 의도가 없다는 것도 알고 있다.

나는 뒤를 돌아 고개를 가로저었다.

"화 안 났어."

"……진짜로?"

"응."

"미안, 한꺼번에 너무 많은 걸 물어봤네."

오다지마가 겸연쩍어하며 나에게 고개를 살짝 숙였다.

"아냐, 됐어. 나도 미안."

나 역시 무시를 한 것이나 마찬가지이니 잘못했다.

내가 사과하자 오다지마가 안심한 듯 숨을 내뱉고서 툭 말했다.

"뭐, 저기…… 얘기하고 싶은 마음이 생기면 들려줘."

오다지마의 그 말속에서 상냥한 마음씨가 느껴져 나도 웃으며 고개를 끄덕였다.

"응. 고마워."

그렇게 대화를 끝마치자마자 수업을 알리는 종이 울렸다. 국어 교사이자 이 반의 담임이기도 한 오가사와라 히라카즈가 교실에 들어왔다.

"인사~."

히라카즈가 의욕 없는 목소리로 말하자 반 위원장이 '차렷, 경례' 하고 인사를 했다.

1교시 특유의 이완된 분위기에 젖어 건성으로 인사한 학생들에게 주의도 주지 않고, 히라카즈는 들고 온 교과서를 교탁 위에 대충 내려뒀다.

"잡담이나 하고서 수업을 시작할까 했는데~……. 얘깃거리가 떠오르는 게 없으니 바로 진도를 빼도록 하겠다."

히라카즈가 흐리멍덩하게 수업을 시작하자 반 전체가 야유를 보냈다. 그러나 그는 귓등으로도 듣지 않았다.

나는 칠판에 글씨를 지저분하게 적기 시작한 히라카즈를 멍하니 보고 있었다.

머릿속에서 아이가 또 출현했다.

"음~ 지난번에 크로스텔 교회에서 훌쩍거리던 엘리스와 토요타로가 만나는 장면에서 끝났는데, 이때——."

몇 년이 지났어도 아이는 달라진 게 없었다.

그녀는 천진난만하고 순수하며 무슨 생각을 하고 있는지 알 수 없다.

그러나 달라진 게 하나도 없는 건 나도 마찬가지 아닌가, 라는 생각이 들었다.

"엘리스가 왜 울고 있는지 궁금했겠지. 뭐, 난 궁금하지 않지만. 그래도 너희들은 궁금증을 가져라. 그런 마음으로 읽는 편이 더 재밌잖냐."

내 생각을 말로 표현하지도 않고, 행동으로 드러내지도 않았으면서 상대방에게는 더 알기 쉽게 보여 달라며 억지를 부렸다.

그런 유치한 행동을 이어오고 있는 게 아닐까.

나는 다시 나타난 아이를 어떻게 생각하고 있을까. 상대에게 무엇을 바라며, 또한 나는 어떻게 하고 싶은 걸까…….

스스로를 제대로 알지도 못하면서 미래를 생각할 수 있을

리가 없다.

"──다. ……아사다!"

"옛?!"

생각에 너무 잠긴 나머지 히라카즈가 부르는 소리를 미처 알아차리지 못했다. 나는 황급히 일어섰다.

내 모습을 보고서 모든 동급생들이 키득키득 웃었다.

"156쪽 3번째 줄부터 소리 내서 읽어. 멍하니 있지 마."

"예, 죄송합니다……."

나는 얼굴이 화끈거리는 것을 느끼면서 교과서 책장을 홀홀 넘겨 해당하는 쪽을 펼쳤다.

"겁 많은 이내 마음이 연민의 정에 꺾였으매 나는 무심코 그 곁으로 다가가 '왜 울고 계신지요? 전 연고도 없는 이방인인지라 오히려 도움이 될지도 모릅니다' 하고 말을 건넸는데──."

소리 내어 읽으니 신기하게도 마음이 가라앉았다. 역시나 문자의 흐름이란 담담해서 편안하다.

일단 아이는 잊고 눈앞의 생활에 집중해야겠다……고 생각을 고쳐먹었다.

방과 후 평소처럼 독서부 부실로 발걸음을 했다.

평상시에는 마음이 내킬 때 홀연히 나타났다가 홀연히 돌아가는 오다지마가 오늘은 웬일인지 나와 함께 하고 있었다.

"어제도 부실에 왔는데 오늘도 오다니 희한하네."

부실 문을 열자마자 소파로 뛰어든 오다지마에게 그렇게 말하자, 그녀가 입술을 삐죽 내밀더니 '뭐 어때서' 하고 받아쳤다.

　"돌아가봤자 할 일도 없으니 여기서 시간이나 보내다가 갈래."

　"근데 스마트폰을 갖고 노는 건 여기나 집이나 매한가지잖아?"

　"신경 꺼! 쫑알쫑알 따지지 말고, 책이나 읽지 그래?"

　오다지마가 퉁명스럽게 내뱉고는 더는 할 말이 없다는 듯 스마트폰 화면을 탭했다.

　그 모습을 곁눈으로 보고서 나도 학교 가방에서 문고본을 꺼내 펼쳤다.

　어렸을 적부터 독서를 좋아했다.

　글자를 눈으로 쫓으면 이야기나, 혹은 내가 모르는 지식으로 이어지는 문이 열린다.

　글자를 쫓기 시작하면 그 무엇에도 방해받지 않고 아름다운 문맥 위를 두둥실 떠다닐 수가 있다. 그것이 몹시도 편안하고 좋다.

　그렇게 생각하니.

　옛날부터 나는 '불확실한 것'을 싫어하지 않았나 싶기도 하다.

　책 속에는 거짓이 없다.

　독자를 속이는 트릭이 숨겨진 미스터리일지라도 그 안에

는 확실한 '사실'만이 담겨 있다. 그것이 찾아내기 어렵도록 교묘히 숨겨져 있을 뿐이다.

이야기 속 등장인물이 거짓말을 하는 경우도 있지만, 이야기 그 자체는 독자에게 거짓말을 하지 않는다.

학술서에 적혀 있는 내용이 훗날 '오류'로 판명되는 경우도 종종 있다.

그러나 그 역시, 저자가 의도적으로 '오류'를 적어넣는 경우는 거의 없다.

그리고 정보의 진위를 확인하고자 노력해야 하는 건 독자도 마찬가지다.

즉 '독서 여행' 중에 나는 오로지 글자의 흐름에 몸을 맡기기만 하면 된다.

나는 그러한 '확실한 커뮤니케이션'을 좋아하므로 사람과 사귀는 행위가 몹시 어렵다.

사람의 감정이나 말은 늘 변화하기 마련이라서 마음속 깊이 숨겨진 진의를 정확히 이해하기란 쉽지 않다.

특히…… 아이처럼 자유분방한 성격을 지닌 여자애라면 더더욱.

나는 '확실한 것'을 좋아하면서도 '불확실성'이 형태로 구현된 듯한 여성에게 반하고 말았다.

왜 그런 일이 벌어지고 말았을까…….

문득 내 시선이 문고본 속 글자만 훑고 있을 뿐 내용을 전혀 읽고 있지 않음을 깨달았다.

한숨을 내쉬었다.

어제부터 내 머릿속에는 온통 아이 생각뿐이다.

내가 문고본을 책상 위에 올려두고 거의 동시에.

덜컹! 커다란 소리를 내며 문이 열렸다.

"여기가 독서부인가요!"

나와 오다지마의 눈이 동그래졌다. 문을 연 채 헐떡이며 서 있는 사람은 아이였다.

"……맞, 맞는데."

내가 수긍하자 아이가 기뻐하며 생긋 웃었다.

"견학해도 될까요!"

그리고 힘차게 말했다.

나는 무심코 소파에 앉아 있는 오다지마 쪽으로 시선을 돌렸다.

오다지마는 어깨를 들먹이고서 '부장인 유즈가 알아서 해'라며 떠넘기고 말았다…….

나는 한숨을 한번 내쉬고서 다시 아이를 쳐다봤다.

"견학이라고 해봤자…… 볼만한 게 아무 것도 없어."

그렇게 말했지만, 아이는 고개를 힘차게 붕붕 저었다.

"책 읽고 있는 거 아냐?"

"뭐, 그렇긴 하지만……, 독서하는 모습을 봐본들…….."

"그게 보고 싶어서 온 거야! 나, 구석에 앉아 있을 테니 신경 쓰지 말고 독서를 계속해 줬으면 해."

아이가 부실 안으로 성큼성큼 들어오더니 오다지마가 앉

아 있는 3인용 소파 가장자리에 앉았다.

그러고는 애처럼 싱글벙글 웃으면서 무릎 위에 두 손을 올려뒀다.

"……알겠어. 마음대로 해."

"응!"

나는 고개를 끄덕이고서 문고본을 다시 펼쳤다.

막상 펼치긴 했지만 아까보다 더욱 집중할 수 없는 상황이었다.

지금부터 읽을 내용은 나중에 다시 읽어야 할지도 모르겠구나…… 싶었다.

오다지마도 조금 마뜩찮아 하면서도 다시 스마트폰의 화면을 내려다봤다.

한동안 부실이 조용했다.

그러나 잠시 뒤 얌전하게 있던 아이가 점점 산만해지기 시작했다.

결국에는 옆에 앉아 있던 오다지마에게 말을 걸었다.

"오다지마 씨도, 스마트폰으로 독서하고 있는 거야?"

아이가 묻자 오다지마가 당혹스럽게 웃고는 스마트폰 화면을 아이에게 보였다.

"그렇게 보여?"

"와, 게임?"

"그래, 퍼즐 어플."

"퍼즐 좋아해?"

"딱히. 그냥 심심풀이일 뿐."

오다지마가 대답하자 아이는 순간 어리둥절했다. 그러나 이내 순진하게 웃으며 말한다.

"딴 데서도 할 수 있는데 여기서 하네?"

"어?"

"부실을 좋아하는구나!"

아이가 순수하게 말하자 오다지마가 당황한 듯 말을 흐렸다.

"아니, 딱히…… 그런 건 아니고."

"아니면…… 유즈를 좋아하는 건가?"

"아, 아냐!"

오다지마가 소파에서 벌떡 일어서 큰소리로 부정했다.

아이의 눈이 휘둥그레졌다. 나도 오다지마를 곁눈으로 보고 있었다. 방 안에 미묘한 분위기기 흘렀다.

"아, 아니, 미안…… 그게 아니고……."

오다지마가 당황해하며 나를 보더니 손을 저었다.

그녀는 내가 속이 상했을까 우려하는 눈치였다. 그러나 새삼스러운 일도 아니라서 아무런 충격도 받지 않았다.

"괜찮아, 무슨 말인지 알고 있으니까."

나는 웃으면서 문고본을 덮고서 책상 위에 내려뒀다.

오다지마는 정말로 시간을 때우려고 여길 오는 것이다. 나는 잘 알고 있다.

그녀는 부모님과 사이가 별로 좋지 않은지라 귀가해 봤자 불편할 따름이다. 그러나 이곳에는 오다지마에게 시끄럽게 말참견을 할 사람이 없다.

오히려 매일 부실에 얼굴을 내미는 사람은 나 혼자뿐.

"아이, 이 부활동은 정말로 허울뿐이야. 독서를 하는 사람은 오직 나뿐."

내가 말하자 아이가 영문을 모르겠다는 듯 고개를 갸웃거렸다.

나는 고개를 끄덕이고서 말을 이어나갔다.

"우리 학교는 말이야. 기본적으로 부활동은 무조건 해야 한다는 풍조 같은 게 있어. 특수한 사정이 없는 사람을 빼고는 귀가부는 거의 없어."

내가 다니는 '사기사와다이 고등학교'는 교장의 뜻으로 부활동에 공을 들이고 있는 학교다.

기본적으로 특별한 이유가 없는 한 귀가부는 용납되지 않는다. 그런 방침에 반발하는 학생을 제외하고는 대부분 부에 소속되어 있다.

"그래서 다들 일단 부에 가입하긴 하는데…… 의욕이 없는 학생들은 대부분 유령부원이 되지."

"그렇구나……."

아이가 고개를 끄덕였다.

"근데 운동부처럼 대회나 어떤 목적이 있는 부에서 유령부원이 되는 건 상당히 껄끄럽잖아. 하지만 우리 '독서부'는 그런 대회도 없고, 독서를 하는 것만이 유일한 목적인 가벼운 부거든……. 뭐, 다시 말해 유령부원이 되기 십상이라는 거지."

말을 하다 보니 허무해지긴 하지만, 사실은 사실이다.

그리고 하필이면 이 부활동의 고문은 이 학교에서 가장 의욕이 없기로 유명한, 매사 대충인 우리 담임교사 '오가사와라 히라카즈'다.

"우리 고문은 오가사와라 히라카즈라는 선생인데."

"아, 유즈네 반 담임?"

"그래, 그 의욕이 별로 느껴지지 않는 사람 말이야. 근데 그 사람, 무슨 영문인지 '생활 지도' 선생이기도 해."

잘못돼도 한참 잘못된 인선인 것 같지만, 히라카즈는 이 학교의 '생활 지도'를 담당하는 교사이기도 하다.

생활 지도 교사는 부활동을 하지 않는 학생을 상대로 상담을 하는 역할도 맡고 있는데…….

"그 사람, 별 이유도 없이 부활동을 하지 않는 학생들을 '유령부원이라도 상관없다'라면서 자꾸 독서부로 끌고 오는 거야."

"아하하, 너무 대충이다."

"그치? 그래서 오다지마도 들어오게 된 거고."

내가 말하자 오다지마가 살짝 언짢은지 흥, 하고 콧방귀를 꼈다.

"그래서 이 부활동은 유령부원 적치장 같은 곳이야. 오다지마를 빼고는 부실에 아무도 오질 않고, 오다지마도 시간만 때울 뿐이야. 나도 상관없다고 생각하고."

내 이야기를 듣고서 아이가 납득을 한 건지 아닌지 알 수 없는 표정으로 나를 쳐다봤다.

"유즈도, 시간을 때우려고 오는 거야?"

그 질문에 어떻게 대답해야 좋을지 순간 망설이다가 결국 나는 고개를 끄덕였다.

"뭐, 그렇지. 독서는 하고 있긴 하지만……, 집에서도 할 수 있는 일이니까."

"그러게."

내가 대답하자 아이가 드디어 납득했는지 고개를 끄덕였다.

그러나 그 뒤에 이어진 말은 나도, 오다지마도 예상하지 못했다.

"그래도 멋지네."

"어?"

내가 얼빠진 목소리로 반응했지만, 전혀 아랑곳 않고 아이가 부드러운 미소를 지으며 말을 이어나갔다.

"왜냐면 유즈는 매일 착실히 부활동을 하고 있고, 오다지마 씨도 종종 부실을 들르고……, 여긴 누군가의 생활이 숨 쉬고 있는 곳이라는 뜻이잖아?"

"그야, 뭐, 그렇긴 하지만……."

"그럼 여긴 이제 두 사람한테는 '생활의 일부'라는 뜻인 걸. 그거, 굉장히 멋져!"

아이가 말을 마치고서 혼자서 고개를 연신 끄덕였다.

나는 어안이 벙벙해졌다. 오다지마도 퍼즐 게임을 하던 손을 멈추고서 아이를 쳐다봤다.

아이는 할 말을 마치고서 소파에서 벌떡 일어섰다.

"미안해! 방해해서!"

"어, 가는 거야?"

내가 무심코 묻자 아이가 짓궂게 웃었다.

"더 있었으면 좋겠니?"

나는 얼굴이 화끈거렸다.

그런 의미로 한 소리가 아니었다.

"……딱히."

내가 뚱하게 대답하자 아이의 웃는 얼굴에 순간 그늘이 드리워진 듯했다.

그러나 이내 생긋 웃고서 말한다.

"그래? 그럼 교내를 탐색하러 이만 갈게!"

아이는 그렇게 말하고서 경쾌한 발걸음으로 부실을 나갔다.

"실례했습니다~!"

문을 닫고서 아이가 복도를 타다닷 달려가는 소리가 방 안에도 들려왔다.

그 발소리가 들리지 않을 때까지 나는 문 쪽을 물끄러미 쳐다봤다.

"……더 있었으면 좋겠다고 말하지 그랬어?"

오다지마가 불쑥 말하자 나는 뒤를 돌아 그녀를 노려봤다.

"그런 생각 한 적 없어."

"흐응?"

"부활동하는 데 방해돼."

"시간만 때우고 있었던 거 아니었어?"

"……."

오다지마가 말꼬리를 붙잡고 늘어지자 나는 대답하지 못하고 입을 다물었다.

그 모습을 보고 오다지마는 으스대듯 콧소리를 내고서 스마트폰 화면을 다시 내려다봤다.

그녀가 화면을 착착 탭하면서 불쑥 말했다.

"폭풍 같은 애네."

그 말을 듣고 나는 숨을 서서히 들이마시고서 수긍했다.

"응……."

깊이 들이마셨던 숨을 내뱉는다.

오다지마의 말이 핵심을 제대로 찔렀다.

폭풍 같은 여자애.

……나는 감당할 수 없는 여자애.

막 재회한 아이에게서 예전과 거의 변함없는 인상이 느껴졌다.

모든 감정을 솔직하게 드러내는지라 어떻게 받아들여야 좋을지 아직도 당혹스럽다.

그리고…… 마찬가지로 아무것도 변한 게 없는 스스로에

게 기가 막혔다.

불현듯 시선이 느껴져 오다지마 쪽을 보니 그녀가 노골적으로 눈길을 휙 돌렸다.

"뭐야?"

내가 묻자 오다지마가 왠지 언짢은 모양인지 입술을 삐죽 내밀고서 대답했다.

"신경 꺼~."

뭔가 하고 싶은 말이 있는 눈치였지만, 현재 나는 그녀에게서 그 말을 끄집어낼 마음이 들지 않았다.

심란한 마음으로 문고본을 들었다.

책장을 펼쳐 봤지만 어제와 마찬가지로 내용이 머릿속으로 거의 들어오지 않았다.

4장

YOU ARE

A story of love and
dialogue between
a boy and a girl with
regrets.

MY REGRET...

토요일. 실컷 자더라도 혼나지 않는 날.

잠은 좋아한다. 동급생들 중에는 '자는 시간이 무지 아깝지 않아?' 하고 말하는 애도 있지만, 나는 동의하지 않는다.

잠들기 전 몸이 무겁게 가라앉는 듯한, 포근한 졸음 속으로 빠져드는 그 감각을 좋아한다. 자명종에 깨지 않고, 의식이 자연스럽게 각성했을 때 꿈인지 현실인지 분간할 수 없어서 자신의 실체를 확인하려는 듯 눈을 천천히 껌뻑거리는 걸 좋아한다.

그런데 오늘은 어째선지 엄마가 그 지극한 행복을 방해했다.

"유 군. 일어나. 어서 일어나래도."

"으음……? 뭐야…… 오늘 외출할 일이 있었던가…….

몸이 세차게 흔들리자 나는 언짢은 목소리로 낮게 신음했다. 아무 일도 없으면 잠 좀 자게 놔둬요.

그렇게 생각하면서 눈꺼풀을 다시 감으려고 했다가 엄마의 한 마디에 번쩍 떴다.

"네 전 여자 친구가 왔는데."

"……뭐?!"

나는 튕기듯 침대 위에서 벌떡 일어났다.

"뭐?!"

다시금 목소리를 높이고서 엄마를 쳐다봤다.

엄마가 뭐라 표현할 수 없는 표정을 지으면서 턱으로 창가를 가리켰다.

나는 생각하기에 앞서 침대 옆에 드리워져 있는 창문 커튼을 확 걷었다.

커튼을 걷는 낌새를 느꼈는지 아이가 문득 위를 올려다봤다. 그녀와 눈을 마주쳤다.

눈을 마주치자마자 아이가 꽃이 핀 것처럼 활짝 웃으며 손을 흔들었다.

나는 황급히 커튼을 엄청난 기세로 다시 쳤다. 정신을 차려 보니 무의식적으로 머리를 매만지고 있었다. 머리가 삐죽 솟아 있지는 않나 모르겠다.

"어쩔까? 집 안으로 들일까?"

엄마가 그렇게 말하자 나는 귀신처럼 험악한 인상으로 고개를 가로저었다.

"됐어! 나갈 준비나 할게!"

내가 침대에서 허둥지둥 내려오는 모습을 보더니 엄마가 뭐가 그리 우스운지 키득키득 웃었다.

"느닷없이 오다니 대체 무슨 생각이야!!"

샤워를 허겁지겁 마치고서 평상복으로 갈아입고……, 몸단장을 최소한으로 하고서 현관 밖으로 나갔다.

나는 현관 앞에서 기다리고 있던 아이를 보자마자 불평부터 늘어놓았다.

그러나 아이는 화를 내는 나를 보고서 키득거렸다.

"갑자기 와야 깜짝 놀랄 것 같아서."

"놀라는 게 당연하지!"

내가 말하자 아이가 다시 키득거리고서 말을 덧붙였다.

"게다가…… 미리 말했으면 절대로 안 된다고 막았을 거 잖아?"

그 말에 나는 말문이 막혔다. 그건 물론 그렇다.

그나저나 아이가 그렇게 생각할 만큼 최근에 내가 그녀를 거부하는 듯한 태도를 보였던가?

"……그래서, 무슨 용건으로 온 거야?"

화제를 돌리듯 말하자 아이가 태평하게 대답했다.

"휴일이니 유즈랑 놀고 싶어서!"

"놀다니, 뭘 하고……."

"동네! 안내해 줘. 2년 전이랑 달라졌지?"

아이가 어이없게도 그렇게 말했다.

나는 한숨을 내쉬고서 고개를 가로저었다.

"2년 사이에 뭐가 그리 달라졌겠어……."

"됐고! 어차피 한가하잖아?"

"뭐, 별 약속은 없지만……."

"그럼 동네 안내 부탁해요!"

아이가 꽤나 억지로 이야기를 진행시켰다.

뜻을 꺾을 기미가 전혀 없는 그녀를 보고서 나는 한숨을 크게 내뱉고서 체념했다.

"지갑이랑 스마트폰을 챙겨올 테니 잠깐만 기다려."

"아! ……응!"

내 말을 듣고서 아이가 진심으로 기뻐하듯 눈빛을 반짝이
자 나는 또 심정이 복잡해졌다.

우리 집에서 가장 가까운 역은 학교 인근 역에서 두 정거
장쯤 떨어져 있다.

부지런히 걸어가면 약 30분이면 학교에 도착할 수 있긴
하지만, 나는 전철로 통학하고 있다.

엄마는 '통학하는 데 시간을 쓸 바에야 차라리 1분이라도
더 오래 자는 편이 낫다'라는 지론을 갖고 있는지라 정기권
을 끊어 전철로 통학하는 것을 허락해 줬다. 그러나 이 근
처에 사는 같은 학교 학생들 중에는 자전거로 통학하는 애
들도 많다.

그리고 도심에서 벗어난 이 부근에는 좋게 말하자면 '고
즈넉한 동네', 나쁘게 말하자면 '촌동네'가 펼쳐져 있다.

역 앞에 상점가가 있긴 하지만, 시내와 비교하여 상당히
수수하고 아담하다.

휴일인 오늘도 역 앞 상점가에는 행인들이 드문드문 보였
다. 개인이 운영하는 낡아빠진 전파상, 작은 빵집 등등 변
두리의 정겨움이 풍기는 이 동네를 나는 싫어하지 않는다.
그러나 고등학생이 휴일에 어슬렁어슬렁 돌아다닐 만한 거
리는 도저히 아니다.

아이는 눈빛을 반짝이면서 그 거리를 걷고 있었다.

"아! 이 게임센터 아직도 있어! 예전에 한 번, 익스트림 파

이터를 했었지. 서로 초보자라서 엄청 어설프긴 했지만 참 재밌었는데~."

나는 즐겁게 재잘대는 아이의 등을 바라보면서 보폭을 맞춰 계속 걸었다.

아이와 사귀었을 적에 종종 이 거리에서 놀곤 했다.

우리 집에 놀러온 적도 있었다. 그래서 우리 엄마가 아이를 알고 있는 것이다.

그래서 이곳은 '추억'의 장소라고 할 수도 있다.

그러나 정말로. 그뿐이다.

추억 말고는 아무 것도 없다. 둘이서 놀만한 곳은 거의 없다. 그런데도 어째서 나는 아이와 둘이서 이곳을 걷고 있는 걸까.

똑같은 생각만 빙글빙글 맴도는 나와 달리, 아이의 뒷모습은 발랄하다.

그 모습은 중학생 때와 거의 달라지지 않은 것 같았다.

늘 즐겁고 자유롭게, 그리고 그녀의 시야에 나 따윈…….

"애, 유즈루?"

아이가 갑자기 뒤를 돌아봤다. 나는 어깨를 흠칫 떨었다.

"왜, 왜?"

"왜 뒤에서 걷는 거야? 나란히 걷지 않으면 대화하기가 어렵잖아."

아이가 내 옆으로 총총 걸어와 내 얼굴을 들여다봤다.

그 거리가 몹시 가까워서 나는 그만 부끄러워졌다. 누군가와 물리적으로 가까워지면 어색하다.

"아니, 그건…… 딱히……."

"딱히, 뭐?"

내가 우물쭈물하자 아이가 또다시 얼굴을 홱 가까이 댔다. 나는 아이에게서 고개를 돌리면서 빨개진 얼굴로 말했다.

"뒷모습이, 예전이랑 달라진 게 없구나 싶어서."

내 대답을 듣고서 아이의 표정이 확 환해졌다.

"그래? 그럼 옆모습도 달라진 게 없는지 자세히 봐줄래?"

"……."

그런 뜻으로 한 말이 아닌데…… 하고 생각하면서도 그녀의 페이스에 휘말릴까 봐 굳이 대답하지 않고 계속 걸었다.

아이는 나와 보폭을 맞추듯 나란히 걸었다.

"내 뒷모습이 달라지지 않았다고 했잖아."

아이가 곁눈으로 나를 보면서 밀했다.

"유즈루도 달라진 게 없네."

그 말에 나는 가슴 깊은 곳이 욱신거렸다.

달라지지 않았네.

분명 그녀의 말에는 별다른 뜻이 담겨 있지 않을 것이다. 그러나 나는 그 말이 '비난조'로 들렸다.

"왜…… 그렇게 생각해?"

내가 묻자 아이가 음~, 하고 고개를 갸웃거리며 잠시 생각하고서는 웃으며 대답했다.

"왜냐면, 날 밀어내지 않았잖아?"

"……어?"

내가 눈을 동그랗게 뜨자 아이가 처음으로 조금 당혹스러워하더니 미간을 찡그리며 말을 이었다.

"……나도, 내가 오늘 상당히 엄청난 짓을 벌였다는 거 알고 있다? 동급생 집에 멋대로 쳐들어가서는 뜬금없이 놀자니. 게다가 단순한 동급생이 아니라…… 전 남자 친구."

"……뭐, 그야 그렇지."

"전 남자 친구네 집 주소를 기억하고 있는 것만으로도 음침한 여자애 같기는 하지만~."

아이가 말하고서 키득거렸다. 그러나 내 반응을 떠보려는 것도 아닌 듯했다.

담담히, 사실만을 툭 던지는 듯한 말투.

이 역시 기억 속 그녀의 말투와 일치한다.

"그래도 유즈루는 나랑 어울려 줬잖아? 투덜거리면서도."

"그건, 거절하기가 어려웠으니까……."

"으으응, 그건 아냐."

아이가 갑자기 단언하자 나는 말문이 막혔다.

반대로 아이는 내 눈을 다시 물끄러미 쳐다보고서 단호히 말했다.

"정말로 싫었다면, 어울리지 않는 법이야, 사람이란."

아이가 그렇게 말하고서 눈웃음을 지었다.

"그래서 유즈루가 아직 날 싫어하지 않는다는 걸 알아서 안심했어."

아이가 천진하게 그런 말을 하자 몸속 깊은 곳이 뜨거워
지는 게 느껴졌다.

그리고 무심코 내뱉고 말았다.

"아이도!"

내가 갑자기 큰소리를 내자 아이가 동그래진 눈으로 쳐다
봤다.

"아이도…… 내가 싫어진 게 아니잖아."

내가 말하자 아이가 눈을 여러 번 깜빡이고서 실실 웃으
며 고개를 끄덕였다.

"뭐야? 갑자기 큰소리를 내서 깜짝 놀랐잖아."

"왜냐면…… 난…… 널 쫓아갈 수가 없어서…… 널 알 수
가 없어서…… 네 마음도 제대로 듣지 않고서 차버렸잖아?"

"그러게."

"화 안 났어?"

"안 났어."

"왜?"

"유즈루를 좋아하니까."

"…………어?"

그녀가 뜸도 들이지 않고 곧바로 말하자 내 사고가 정지
했다.

내가 갑자기 굳어버리자 아이가 고개를 갸웃거렸다.

"왜 그래?"

"아니, 방금, 뭐라고……."

"응? 유즈루를 좋아한다니까?"

"왜……."

"아까부터 자꾸 왜왜왜 시끄럽네. 좋아하는 걸 어떡하겠어! 그래서 날 싫어하지 않는 모습을 보고 안심했어."

아이는 내 반응 따윈 신경도 쓰지 않는다는 듯이 시원하게, 그리고 명확하게 마음을 전했다.

나는 그저 압도되어 입만 뻐끔거렸다.

"하지만, 난……."

"유즈루."

아직도 과거에 사로잡혀 있는 나에게 아이가 읊조리듯 말했다.

"좋아해."

못을 박듯 내뱉은 그 말에 나는 완전히 굳어버렸다.

그런 내 모습을 보고서 아이가 활짝 웃고서 말했다.

"그러니까…… 그런 표정은 짓지 마."

아이가 내 뺨을 부드럽게 어루만졌다. 여름 햇볕을 쬔 내 피부에는 땀이 끈적끈적 번져 있는데 아이의 손바닥은 산뜻했다.

따뜻한 감촉만이 그녀의 손에서 전해졌다.

"자, 방긋."

"아야야얏."

아이가 갑자기 내 양쪽 뺨을 집더니 위로 끌어당겼다. 입꼬리는 올라갔지만 얇은 피부가 꼬집혀서 몹시 아프다.

아파하는 내 모습을 보더니 그녀가 손을 떼고서 꺄르르 웃었다.

해방되고서 뺨을 매만지는 나를 아랑곳하지 않고, 아이가 다시 즐겁게 웃으며 터벅터벅 걸어나갔다.

"모처럼 맞이한 휴일이니 재밌게 보내자!"

"으, 응……."

아이의 페이스에 완전히 휘말려 버린 나는 앞서 걸어나가는 아이를 뒤쫓듯 종종걸음으로 따라갔다.

헤어진 지 2년이 지났는데도 아이는 내가 좋다고 했다.

나는 그 이유를 알 수가 없었다.

이유도 모르건만 살짝 '기쁘다'라고 생각하는 내 자신을 바라보면서 마음이 더욱 복잡해졌다.

2년이 지난 지금도 내 마음은 갈피를 잡지 못하고 흔들리고 있다.

"가게들이 조금씩 바뀌긴 했지만, 역시 거의 변한 게 없네, 여기도."

"그래서 내가 말했잖아……."

상점가를 얼추 산책한 뒤에 아이가 즐거운 표정으로 감상을 말했다.

시간이 천천히 흐르는 이 상점가에서 교체되는 것은 매출

기준이 높은 프랜차이즈 가게뿐이다. 그래서 2년 만에 동네의 분위기가 크게 바뀔 리는 없다.

'변함이 없다'라는 사실을 당연하다는 듯 받아들이고 있는 나와 기뻐하고 있는 아이.

같은 것을 봤는데도 견해가 이토록 다르다는 사실에 나는 또다시 메울 수 없는 틈을 느꼈다.

그리고 이토록 쇠락한 상점가를 걷고 있는데도 웃음이 끊이질 않는 아이를 보고서 매력을 느끼고 마는 스스로가 지긋지긋했다.

역시 나는 세월이 흘렀더라도, 아이에게 끌리고 마는구나. 이 감정은 예전보다 더한 것 같다.

그러나 그 감정은 우리 둘의 사이를 찢어놓을 뿐이라는 걸 나는 이미 알고 있다.

정신을 차려 보니 나와 아이는 상점가 가장자리에서 뻗어나가는 경사가 급한 비탈 앞에 있었다.

아이는 그곳에서 멈춰 나를 쳐다봤다.

"그 공원은? 남아 있어?"

그 공원이 무얼 가리키는지 나도 금세 알았다.

그러나 나는 그 질문에 대답할지 말지 주저하고 말았다.

왜냐면 그곳은 내가 아이에게 고백받은 장소이자……, 내가 아이와 헤어진 장소이기도 하니까.

"응? 남아 있냐니까~."

아이가 채근하자 나는 체념하고서 고개를 끄덕였다.

"……아직, 있어."

"그럼 보러 가고 싶어."

아이가 당연하다는 듯 말하자 나는 다시 입을 다물었다.

솔직히 아이와 둘이서 가고 싶은 곳은 아니었다.

그러나 아이는 내 대답을 기다리지 않고 가파른 비탈을
오르기 시작했다.

"가자! 유즈루!"

"…………응, 알겠어."

나는 마지못해 고개를 끄덕였다.

아이는 생긋 웃고서 나보다 한걸음 앞서 비탈을 부리나케
올라갔다. 나는 거리가 너무 벌어지지 않도록 그 뒤를 쫓아
갔다.

아이는 나란히 걷자고 하지 않았다.

오늘은 그녀의 등만 보는 것 같은 기분이다.

지금 가는 곳은 방금 전까지 돌아다녔던 상점가 이상으로
우리에게는 '추억의 장소'다.

그러나 그 추억을 죽인 곳이기도 하다.

둘이서 그곳에 가서 나는 그녀와 무슨 대화를 나눠야 좋
을까. 그녀는 나와 어떤 이야기를 하려는 걸까.

그런 생각을 하면서 나와 아이는 조용히 비탈을 올랐다.

그 정상에 있는, 쓸데없이 넓은 그 공원을 향해서.

5
장

YOU ARE

A story of love and
dialogue between
a boy and a girl with
regrets.

MY REGRET...

상점가 샛길에서 긴 비탈을 올라…… 약간 높은 언덕 위에 오르면 그 공원이 나온다.

"우와, 하~나도 변한 게 없어!"

공원에 도착하자마자 아이가 신나게 주변을 둘러보기 시작했다.

그녀의 말대로 이 공원은 하나도 달라진 게 없다.

나도 그녀와 헤어진 뒤로 이곳에 한 번도 온 적이 없지만, 기억 속 경치와 눈앞에 보이는 경치가 완전히 일치한다.

"코끼리 미끄럼틀도 남아 있어!"

"그러게."

아이가 손가락으로 가리킨 분홍색 코끼리 미끄럼틀.

페인트칠이 군데군데 벗겨져 녹이 슨 그 놀이기구는 나와 아이의 추억이 서려 있을 뿐만 아니라 나와 그녀의 관계를 두 번 크게 변화시켰다.

나는 마음속으로 묵직한 압박감을 느끼면서도 천진난만하게 미끄럼틀로 달려가는 아이를 뒤따라 천천히 걸었다.

코끼리 등이 계단 모양으로 패여 있다. 난간이 없는 그 계단을 경쾌하게 올라 미끄럼틀 꼭대기에 선 아이가 싱글벙글 웃어보였다.

"정겹네!"

"……응."

추억의 장소에서 순수하게 흥에 겨워 있는 아이.

그에 비해 나는 그 '추억'에 얽매여 잘 웃을 수가 없었다.

"이 공원, 이렇게나 넓고 기구도 많은데 늘 사람이 전혀 없었지. 학교에서도 나름 가까운데 말이야."

"가깝다고 해도, 이런 고지대에 있으니까. 학교에서 20분 넘게 걷고도 모자라서 기다란 비탈도 올라와야 하잖아."

"도보 20분쯤은 별거 아닌걸. 요즘 애들은 공원에서 잘 놀지 않는구나 싶었어."

"풋, 너도 요즘 애잖아……."

아이가 갑자기 아주머니처럼 말하자 나는 무심코 웃음을 뿜었다.

아이가 눈이 동그래져서는 나를 쳐다봤다. 그러고는 기뻐하는 얼굴로 아! 하고 나를 가리켰다.

"드디어 웃었다! 오늘 여태 한 번도 웃질 않았어, 유즈루."

"……그랬던가."

그러고 보니 그런지도 모르겠다.

늘 웃고 있는 아이를 보면서 나는 옛날만 회상하고 있었으니까.

"맞아! 왠지, 유즈가 웃는 얼굴을 보니 좋네."

아이가 진지하게 말하며 고개를 끄덕이고는 미끄럼틀을 타고 즈르륵 내려왔다.

그녀가 입은 치맛자락이 허벅지까지 슥 말려 올라가자 나는 황급히 눈길을 돌렸다.

"이 공원에 있을 땐 말이야……."

미끄럼틀에서 내려온 뒤 아이가 읊조리듯 말했다.

"난 아주 아주 자유롭구나 싶었어."

그 눈이 줄곧 먼발치를 보고 있었다.

그녀도 2년 전을 떠올리고 있는 듯했다.

"……아이는 언제나 자유로웠잖아."

내가 대답하자 아이가 미묘한 얼굴로 웃었다.

"그렇게 보여?"

"내 눈에는 그렇게 보였어."

"그랬구나. 그래, 그랬어……."

아이가 독특한 온도감으로 고개를 여러 번 끄덕이고서 중얼거렸다.

"난 말이야……, 하고 싶은 것만 하며 살아왔어."

나는 고개를 끄덕였다.

"알고 있어."

중학교 시절 아이는 정말이지…… 나쁜 의미로 눈에 띄었다.

그녀와 알고 지내기 전부터 나는 그녀를 알고 있었다. 소문이 돌았기 때문이다.

교내에서 손꼽히는 엄청난 미인. 그러나 그 행동이 너무나도 엉뚱해서 단체 과제의 분위기를 망치는 등, 구제 불능이라 표현해야 할 정도로 '제멋대로' 구는 여자.

호평인지 악평인지 가늠할 수 없는(아마도 후자의 의미가 더 강한) 소문이 내 귓가에도 들려왔다.

"근데 '그런 삶의 방식'이 타인의 눈에는 천방지축처럼 비치는구나 싶더라고."

아이가 실눈을 뜨면서 말했다.

"모두들 커다란 틀 안에서 규칙을 준수하며 타인의 영역을 침범하지 않도록 벌벌 떨면서 살고 있어. 타인한테 민폐를 끼치지 않도록, 미움을 받지 않도록……, 그렇게 '암묵적인 규칙'대로 살아가고 있어."

언제나 천진하게 웃는 아이가 달관하듯 말하자 나는 아무말도 하지 못한 채 그저 휘둥그레진 눈으로 그녀의 이야기를 들었다.

"근데 난 달라. 내 철학을 지키기 위해서 다른 모든 것들을 업신여기면서 제멋대로 살고 있어."

"그게 네 강점 아냐?"

내가 끼어들자 아이가 피식 웃고서 고개를 끄덕였다.

"응, 고마워. 그렇게 말해주는 점도 좋아해."

갑자기 '좋아한다' 하는 소리를 들어 마음이 또 철렁했다.

아이는 그런 나를 아랑곳하지 않고 마치 정리해 나가듯 말을 떠듬떠듬 이어나갔다.

"근데 다른 사람들은 달라. 다들 날 '기분 나쁜 녀석'으로 보고 있어. 아무리 자유롭게 살아가기로 마음먹었더라도 그 시선에서는 벗어날 수가 없어."

아이가 흐릿하게 웃으면서 담담히 말했다. 그러나 그 내용은 그녀의 표정에 비해 훨씬 무겁게 느껴졌다.

당시 아이는……, 돌이켜 보니 특히 '여자애'들과 사이가 나빴던 것 같다.

남자애들은 이러쿵저러쿵 떠들어대도 '뭐, 그래도 아이는 귀엽잖아' 하고 넘어가는 면이 있었다. 그리고 실제로 그녀가 민폐를 끼치더라도 '뭐, 그 녀석은 원래 그렇지……' 하고 쓴웃음을 짓고서 봐준다. 아이의 아름다운 외모와 자연스레 배어 나오는 '악의 없는 태도' 덕분이다.

그러나 여자애는 다르다.

'남자애들이 봐주는 상황'을 보고서 여자애들이 '얼굴이 예쁘면 건방지게 굴 수 있어서 참 좋겠네' 하고 악담을 하는 현장을 여러 번 목격했다.

그녀는 언제나 웃으면서 그 악의를 흘려 넘기는 듯했지만, 실은 마음에 맺힌 바가 있었겠지.

"포기할 수밖에 없다고 생각했어. 내 삶의 방식을 지키기 위해서 타인이 어떻게 여기든 신경 쓰지 않는다, 이해자 따윈 필요 없다고…… 그렇게 생각했어."

말이 나오지 않았다.

정신이 아직 성숙되지 않은 중학생 시절에 아이가 그런 생각을 했을 줄은 몰랐다.

그저 있는 그대로, 자연스럽게 그녀가 처음부터 '자유'로웠다고 생각했다.

아이가 문득 고개를 들어 나를 쳐다봤다.

그 동그랗고 맑은 눈동자와 내 눈이 마주쳤다.

"근데 나, 유즈루를 알게 돼버렸어."

내 이름이 갑자기 나오자 무심코 몸을 떨었다.

아이가 나를 지그시 쳐다보면서 말했다.

"기억나? 우리가 처음 만났던 날."

"……어렴풋하게는."

"엥~, 어렴풋한 기억이야? 난 잊을 수가 없는 기억인데."

아이가 어깨를 들먹이며 키득거렸다.

실은 또렷하게 기억하고 있다. 나도 잊을 수가 없다.

어느 날 방과 후 교실에 느닷없이 나타난 아이에게 나는 눈길을 빼앗겼다.

"처음 만났을 때 유즈루는 꽃병을 들고 있었어."

"……그랬지."

아이의 말을 듣고서 나는 그 당시를 서서히 떠올렸다.

그날 아무도 없는 교실에서 나는 당번 일을 하고 있었다.

가을에 접어들어 쌀쌀해진 교실. 창에서 새어드는 왠지 바짝 메마른 듯한 석양이 축축한 여름을 잊게 해줘서 상쾌했다.

칠판을 지우개로 지우고 클리너를 뿌렸다. 단순 작업을 반복하는 건 싫어하지 않는다.

칠판 청소를 마친 다음에는 이튿날 당번 이름을 칠판 오른쪽 아래에 적어둔다.

'아시다', '안도'라는 이름을 적으면서 나는 흠, 하고 콧소리를 냈다. 둘 다 귀찮은 걸 싫어하는 학생이다.

오늘처럼 서로 한쪽에게 당번 일을 떠밀 작정으로 가위바위보를 하겠지……. 그런 생각을 했다.

나는 가위바위보에 져서 이렇듯 혼자서 당번 일을 하고 있다.

둘이서 하면 금세 끝낼 수 있는 작업. 그렇기에 혼자서 하더라도 벅차지 않는다.

그렇게 당번 일을 천천히 정리하고 있던 도중이었다.

나는 교실 안에서 날갯짓을 살랑살랑 하는 나비를 발견했다.

나비는 벽을 향해 날갯짓을 계속했고, 벽에 자꾸만 부딪쳤다.

"……."

내 눈에는 그 나비가 '곤란해하는' 것처럼 비쳤다. 분명 방과 후에 열어놓은 창문으로 들어왔다가 내가 창문을 닫아버린 바람에 밖으로 나갈 수기 없게 된 거겠시.

"자, 열었어. 이쪽, 이쪽."

창문을 열고서 청소도구함에서 꺼낸 빗자루 손잡이로 나비를 조심스럽게 몰아봤다.

창문 쪽으로 능숙하게 유도해주고 싶었지만, 나비는 빗자루를 피하기만 할 뿐 창문 쪽으로 통 가려고 하지 않았다.

나비 입장에서는 커다란 인간인 내가 공격하고 있다고 착각하는 것 같다.

"……으~음."

나는 빗자루를 벽에 걸쳐 놓고서 교실 안을 두리번거렸다.

그리고 창가 쪽에 놓여 있는 투명한 꽃병을 발견했다.

식물 담당이 물을 꾸준히 갈아주지 않아서 순식간에 말라버린 꽃. 그것을 조심히 뽑아내고서 나는 그 꽃병을 들었다.

그리고 학교 가방을 열어서 맨 먼저 눈에 띈 수학 공책을 꺼낸 뒤에 적당한 쪽을 한 장 찢었다.

교실 구석을 보니 나비가 아직도 벽을 향해 날갯짓하고 있었다.

나는 나비에게 천천히 다가가 꽃병을 살며시 씌웠다.

"미안해……."

나비가 꽃병 속에서 몸부림을 치듯 날아다녔다. 느닷없이 꽃병에 갇혔으니 퍽 무서웠겠지.

그런 생각을 하면서 왼손으로 들고 있던 종이를 꽃병으로 가져가던 도중에…….

문득 복도에서 시선이 느껴졌다.

당황하여 복도 쪽으로 눈길을 돌리니 그곳에 검은 머리 소녀가 서 있었다. 동그란 눈으로 나를 쳐다보는 소녀.

그 소녀가 바로 미즈노 아이였다.

나와 아이는 몇 초쯤 서로를 쳐다보며 멈춰 버렸다.

복도 창문에서 새어드는 주홍색 빛이 아이를 비추고 있어서 나는 그녀의 윤곽이 반짝이는 듯 보였다.

"……뭐, 뭐 하고 있는 거야?"

침묵을 견딜 수 없었는지 아이가 입을 열었다.

그 말을 듣고서 나는 정신을 퍼뜩 차렸다. 수중에 있는 꽃

병을 보니 나비가 여전히 당황한 듯 꽃병 안을 요란하게 날
아다니고 있었다.

"아아, 나비가 말이야. 교실에 들어와 버려서."

나는 미처 하지 못한 일을 떠올리고서 꽃병과 벽 틈새로
종이를 슥 밀어 넣었다. 그러고는 벽에서 꽃병을 떼어 창가
로 옮겼다.

열어놓은 창문 밖으로 몸을 내밀고서 꽃병 주둥이를 바깥
으로 돌린 뒤 종이를 치웠다. 그러자 나비가 날갯짓을 하며
바깥으로 날아갔다.

더는 이쪽으로 오지 않고 자유롭게 훨훨 날아가는 나비.

그 광경을 넋을 놓고 바라봤다. 작지만 날개가 하얗고 아
름다운 나비였다.

나는 나비가 떠나가는 모습을 바라본 뒤 창문을 천천히
닫았다.

"……나비를 풀어준 거니?"

"으아!"

옆을 보니 복도에 있는 줄 알았던 아이가 내 바로 옆에 와
있었다. 나는 무심코 펄쩍 물러나고 말았다.

"아하하, 그렇게 놀랄 것까지는 없는데."

"아, 아니…… 미안."

나는 수상쩍게 시선을 이리저리 움직이고서 고개를 끄덕
였다.

"나비가…… 불쌍해서."

"불쌍해?"

아이가 자연스럽게 고개를 갸웃거렸다. 고개를 갸웃거리는 모습이 이토록 그럴싸한 사람이 다 있다니.

"응. 바깥에서 자유롭게 날아다니고 싶을 텐데 이런 데에 들어온 바람에…… 곤란해하는 것 같아서."

"곤충이? 곤충이 곤란해한다고 생각한 거야?"

아이가 눈을 동그랗게 뜨면서 나를 쳐다봤다.

나는 미소녀가 똑바로 쳐다보고 있는 이 상황을 약간 껄끄러워하면서 고개를 끄덕였다.

"응."

내가 고개를 끄덕이자 아이가 몇 초쯤 어리둥절해하고서 웃음을 터뜨렸다.

"이상해."

"이상……한가?"

"이상해. 곤충이 곤란해한다고 말한 사람, 처음 봤어."

"그렇구나."

실제로 그렇게 보였으니까 별수 없잖아, 하고 속으로 투덜거렸지만, 아이는 내 마음은 신경도 쓰지 않고 창밖을 쳐다봤다.

"나비가, 벌써 보이지 않는 데까지 날아가 버렸네."

"응. 어디론가, 원하는 곳으로 가지 않았을까."

"그러게. 잘됐네, 나비."

아이의 눈이 가늘게 휘며, 눈웃음이 되었다.

그 옆모습을 물끄러미 쳐다보다가 나는 뺨이 화끈거렸다.

이토록 옆모습이 아름다울 수가 있구나, 하고 생각했다.

미즈노 아이라는 여자애에 관한 소문을 여러 번 들은 적이 있었다.

너무 자유분방해서 어찌할 수 없는 여자.

미인인데 아깝다고.

그런 이야기를 여러 남학생, 여학생들에게서 들었다. 그녀와 반이 다른데도 말이다.

나는 아이와 복도에서 몇 번 스친 적이 있긴 하지만, 이토록 가까이서 그 모습을 본 적은 없었다.

그리고 이렇듯 말을 섞어보고서 그녀가 정말로 미인에, 자유인이라는 사실을 실감하고 이해했다.

"응?"

내가 멍하니 생각에 잠겨 그녀의 옆모습을 물끄러미 쳐다봤던 모양이다.

불현듯 내 쪽으로 고개를 돌린 아이와 정면에서 눈을 마주치고 말았다.

나는 황급히 눈길을 돌리고서 고개를 가로저었다.

"미안, 뚫어지게 쳐다봐서."

"괜찮긴 한데, 뭐야?"

"아니야, 아무것도 아냐."

입이 찢어져도 옆모습이 아름다워서 넋을 잃고 쳐다봤다고, 털어놓을 수 있을 리가 없다.

"미즈노 씨는, 뭘 하고 있었던 거야? 이런 시간에."

내가 난처한 화제를 돌리려고 물으니 아이가 '아아' 하고 목소리를 흘리고서 천연덕스럽게 대답했다.

"학교 건물을 탐색하고 있었어. 이 시간에는 사람이 전혀 없으니까."

"어?"

"사람이 얼마 없는 학교는 고요해서 좋지 않아? 나, 좋아하는데."

아이가 말하고서 짓궂은 표정으로 나를 곁눈으로 쳐다봤다.

"가끔씩, 이렇게 재미난 장면도 맞닥뜨릴 수 있고 말이야."

재미난 장면이란 내가 나비를 놓아줬던 일을 가리키는 거겠지.

나는 창피해져서 그녀에게서 또 눈길을 돌렸다.

"……정말로, 자유롭구나. 소문대로."

내가 쓴웃음을 지으며 말하자 그녀의 몸이 흠칫 흔들렸다. 그에 맞춰서 그녀의 부드러워 보이는 머리카락도 흔들렸다.

"앗……."

솔직한 감상을 말하려는 의도였는데 쓸데없는 단어를 덧붙이고 말았다고 나는 후회했다.

"그 소문 말이야, 딱히 나쁜 소문은 아냐."

내가 명백히 사족에 불과한 위로를 하자 아이가 쓴웃음을 짓고서 고개를 저었다.

"괜찮아, 익숙해. 그런 거."

그렇게 말하는 아이의 표정은 온화했다. 그러나 그 속에 일말의 '외로움'이 담겨 있는 것을 나는 감지하고 말았다.

지금껏 시원스럽게 웃고 있던 아이의 얼굴에 조금이나마 그늘이 드리워서 나는 조바심이 났다.

나는 어쩌지, 어쩌지, 하고 고민하다가 불현듯 떠오른 말을 그대로 툭 내뱉었다.

"미즈노 씨는…… 나비 같네."

내가 말하자 아이가 눈을 서서히 크게 떴다.

그리고 진심으로 놀란 것처럼 '……어?' 하고 짧게 반응했다.

나는 다시 당황했다. 너무나도 멍청한 소리를 내뱉은 것 같았다.

"……앗, 미안, 곤충 같다고 말하고 싶었던 게 아니라!"

나는 눈을 이리저리 돌리면서 어떻게 무마할지 고민했다.

"자유롭게 날아다니는 그 모습이 아름답지만…… 결코 손에 닿지 않는…… 그런 나비 같아서……."

거기까지 말한 뒤 나는 아이가 눈을 크게 뜬 채로 입을 헤 벌리며 나를 쳐다보고 있음을 깨달았다.

이내 내가 방금 내뱉었던 말이 처음부터 끝까지 마치 '작업 멘트' 같았음을 깨닫고서 또다시 당황했다.

"아, 미안! 그게 아니고……."

"풋! 아하하!"

내가 또 당황하자 아이가 갑자기 배를 부여잡고서 깔깔대며 웃어댔다.

즐겁게 웃는 아이를 보며 나는 그저 민망할 따름이었다.

"나비 같다니…… 처음 들었어."

아이가 한바탕 웃고는 눈가에 맺힌 눈물을 손가락으로 훔치고서 부드럽게 미소 지었다.

"고마워."

"아니, 저기, 미안……."

"왜 사과해? 이상해."

아이가 또 키득 웃고서 느닷없이 내가 닫았던 창문을 힘껏 열었다.

건조한 바람이 창문에서 휴웅 불어닥쳤다. 그에 맞춰서 아이의 머리카락이 사락사락 흔들렸다.

편안해하며 실눈을 뜨고 있는 아이의 모습은 역시나 아름다웠다.

"손에 닿지 않는다고 했지."

"어?"

"나비."

"아, 아아…… 응."

바람에 머리카락이 나부끼는 중에 아이가 나를 물끄러미 쳐다봤다. 그녀가 촉촉한 눈동자로 쳐다보자 소름이 돋았다.

"근데, 아까 붙잡았잖아?"

아이가 내가 한 손에 들고 있는 꽃병을 가리키고서 말했다.

"……그건, 놓아주려고."

"응. 그래도 붙잡혔어. 나비는, 너한테 한번 붙잡혔지만, 그 덕분에 자유의 몸이 됐어."

아이가 믿기지 않을 정도로 아름답게 웃었다.

"분명, 기뻐하고 있을 거야."

바람에 머리카락이 나부끼고 있는 아이를 창문에서 새어 드는 석양이 비추고 있다.

그 모습에 비현실적인 아름다움이 감돌고 있어서 나는 실눈을 뜬 채 정신없이 쳐다봤다.

"……그랬……으면 좋겠네."

"응, 틀림없이, 그럴 거야!"

아이가 힘차게 말하고서 내 손을 확 잡았다.

"있잖아, 이름 알려줄래?"

"이름?"

"그래. 네 이름."

그녀가 똑바로 쳐다보면서 묻자 나는 심장이 세차게 쿵쿵 뛰는 것을 느끼면서 대답했다.

"아사다…… 유즈루."

"유즈루…… 좋은 이름이야."

아이가 읊조리듯 말하고서 생긋 웃었다.

"유즈루 군! 나랑 친구가 되어 주세요!"

친구가 되어 주세요.

이렇게 직설적인 말을 들어본 게 얼마 만일까?

나는 온몸에 닭살이 돋는 걸 느끼면서 고개를 천천히 끄덕였다.

"……응. 나 같은 애라도…… 괜찮다면."

그것이 나와 아이의 첫 만남.

그리고…… 사랑의 시작이기도 했다.

"유즈루가 날 발견해 줬어."

아이가 미끄럼틀 종착점에 앉은 채로 말했다.

"교실에 갇혀서 이러지도 저러지도 못하고 있던 날 풀어 줬어."

"그건…… 내가…… 널…….."

풀어준 게 아냐.

나는 너를 다시금 가둬버리려고 했잖아.

내가 그 말을 내뱉기 선에 아이가 단호히 말했다.

"그래서 좋아해."

힘이 실린 그 말에 나는 주눅이 들고 말았다. 가슴이 욱신거렸다.

"천방지축 날아다니더라도…… 난 반드시 유즈루 곁으로 돌아와. 왜냐면 난…….."

아이가 뜨겁게 젖은 눈동자로 나를 지그시 쳐다봤다.

그만하라고 가슴이 외쳤다.

더는 말하지 말아줘.

"유즈루한테…… 붙잡혔으니까."

그 말을 듣고서 온몸에서 불쾌한 소름이 돋았다.
"그만!!"
정신을 차리고 보니 그렇게 외치고 있었다.
아이가 흠칫 놀라더니 눈이 휘둥그레졌다.
"난…… 네가 생각하는 그런 사람이 아냐."
"어, 어째서……."
아이의 머리 위로 물음표가 떠오른 것처럼 보였다.
내 말을 듣고서 혼란스러워하고 있다.
나는 핑 도는 눈물을 참으면서 몸속 깊은 곳에서 말을 끌
어냈다.
"난 네 자유로운 모습을 좋아했어. 그런 면이 좋아서! 별
생각 없이 사귀고 말았지만……."
가슴이 아프다. 목구멍이, 뜨거웠다.
나는, 지금, 그녀와의 관계를, 완전히 끝내려고 하고 있다.
그래도 꼭 말해야만 한다.
그러지 않으면 똑같은 과오를 또 되풀이하리라는 것을 알
고 있으니까.
"그런 면이………… 싫어졌어."
내가 말하자 아이의 눈동자에 순식간에 슬픔이 번져나가
는 것이 느껴졌다.
늘 아름답게 웃는 그녀로 하여금 그런 표정을 짓게 한 사

람은 다름 아닌 나다.

"아이는, 나 같은 녀석 곁에 있어서는 안 돼. 왜냐면……!"

나는 가슴 속 통증을 억지로 몸 밖으로 토해내듯 말했다.

"그 누구보다도 자유로운 널…… 내가 속박할 테니까……!"

내가 속내를 훤히 밝히자 아이는 말이 제대로 나오질 않는지 입을 뻐끔거리기만 했다.

나는 눈물이 왈칵 쏟아질 것 같아서 그녀에게서 등을 획 돌렸다.

"오늘은…… 이만, 돌아갈게."

"아, 유즈루……."

"미안, 아이."

나는 툭 던지듯 말하고서 종종걸음으로 공원을 나섰다.

아이가 쫓아오지 않는 것을 확인하고서 나는 속도를 더욱 높였다. 격정에 떠밀린 깃처럼 비탈을 뛰어 내려갔다.

후회했다.

아이와 사귀었던 것을 나는 몇 번이고, 몇 번이고 후회했다.

왜냐면 나는 내가 좋아했던, 자유로웠던 아이를…….

나만의 것으로 삼고 싶다고 생각하고 말았으니까.

아이에게서 꼴사납게 등을 돌리고서 달아난 것은 이로써 두 번째다.

그리고 이제 다음은 없다.

창문을 연 교실에 이제, 나는 없다.

그러니 아이가 돌아오는 일도, 다시는 없다.

6장

YOU ARE

A story of love and
dialogue between
a boy and a girl with
regrets.

MY REGRET...

"아사다. 미즈노랑 어디까지 갔냐?"

남자 동급생이 그렇게 물을 때마다 지긋지긋했다.

친구 관계를 오래 이어나간 끝에 아이가 고백을 했고, 나는 기쁘게 받아들였다.

나는 자유로운 그녀를 좋아했고, 다른 사람은 인정해 주지 않는 '자유'를 나만은 인정해 줬다. 그것이 그녀가 나에게 마음을 연 이유일 거라고 이해했다.

그러나 막상 그녀와 사귀고 보니 마음에 점점 먹구름이 끼는 듯했다.

왜냐면 나와 아이는 사귀고 나서도 그 관계가 일절 달라지지 않았으니까.

"키스 정도는 했냐?"

남자 동급생들은 아이가 성가신 문제아라고 숙덕거리면서도 예쁘장하게 생긴 그녀를 상대로 야한 망상을 하지 않고는 배길 수가 없었던 모양이다.

그래서 나에게서 아이의 숨겨진 일면을 캐내기 위해 정기적으로 끈질기게 똑같은 질문을 던졌다.

그러나 나는 그런 질문을 받을 때마다 말을 흐릴 수밖에 없었다.

아무 일도 벌어지지 않았으니 말을 하려야 할 수가 없다.

사귀기 전과 사귀기 시작한 이후가 놀라올 정도로 다르지 않았다.

친구처럼 함께 지내고, 친구처럼 논다.

데이트 약속을 잡더라도 그 내용이 당일에 싹 바뀌는 건 일상다반사고, 심할 때는 당일에 '미안! 갑자기 달리 하고 싶은 게 생겼어!'라면서 취소하기도 했다.

처음에는 나도 '그게 그녀의 삶의 방식이니까'라면서 납득하고 참을 수 있었다.

아이는 그런 사람이고, 나는 그런 그녀를 긍정할 수 있는 사람이다.

그런 식으로 스스로를 달래면서 나에게 아무런 '특별함'을 주지 않는 아이를 향한 불만을 속일 수 있었다.

그러나.

정신적으로 성숙하지 않았던 나에게 언젠가 인내심의 한계가 찾아왔다.

"영화, 기대된다."

어느 날 나와 아이는 함께 영화를 보기로 약속했다.

늘 가는 공원, 코끼리 미끄럼틀 위에서 상영시간까지 시간을 때우던 중에 내가 아이에게 말하자 그녀가 살짝 당혹스럽게 웃으며 나를 쳐다봤다.

"저기……, 그거 말인데."

그렇게 운을 떼는 것을 듣고서 나는 '아아' 하고 숨을 살짝 내쉬었다.

또 거절당하는구나. 속으로 크게 낙담했다.

"오늘, 마침 영화가 시작되고 30분쯤 뒤에 말이야, 유성

군이 보일지도 모른대."

"그렇구나."

"유즈루만 괜찮다면 함께 보러 가지 않을래?"

"영화는?"

내가 묻자 아이가 쩔쩔매며 어깨를 흠칫 떨었다.

의도한 것보다 목소리가 더 낮고 위압적이어서 아이가 겁을 먹은 모양이다. 그래도 딱히 상관없었다.

아이는 어떻게 말을 해야 할지 궁리라도 하는지 시선을 이리저리 돌렸다.

"영화는, 또 언제든 볼 수 있잖아? 하지만 유성군은……."

"저기!"

내 입에서 끝내 험한 목소리가 나왔다. 아이가 다시 어깨를 흠칫 떨며 나를 쳐다봤다.

"아이한테 나랑 맺은 약속은…… 별기 아닌 거야?"

내가 목소리를 낮게 깔면서 묻자 아이가 놀랐는지 입을 벌린 채 고개를 가로저었다.

"그럴 리가 없잖아! 나도 유즈루랑 같이 있는 시간을 좋아하고……."

"그럼 어째서! 맨날 나랑 한 약속을 어기는 거야!"

나는 참지 못하고 큰소리를 내고 말았다.

"난 언제나 너와의 약속을 기대하고 있어. 전날부터 이튿날을 상상하면서 설렘에 가슴이 두근거리고, 당일에는 안절부절못할 지경이야. 근데…… 넌 다르잖아."

"유즈루? 아냐, 나도…….."

"뭐가 아니야!!"

내가 호통을 치자 아이가 할 말을 잃은 것처럼 동그란 눈동자를 어른거렸다. 곤혹스러운 얼굴로 나를 쳐다봤다.

나는 평소에 쌓였던 울분을 풀어내듯 말을 이어나갔다.

"넌 친구를 갖고 싶었던 거야. 널 이해해 줄 친구 말이야. 그러던 때에 나같이 어울리기 편한 녀석이 나타나서 즐겁게 함께 있을 뿐이잖아."

"그렇지 않아!"

"그럼! 내게도 네 마음을 알 수 있게 해줘! 실컷 날 휘둘렀으면서…… 자기만 즐겁다니…… 이제…….."

그것이 내 솔직한 심정이었다.

그러나 훤히 드러나 버린 말의 나이프가 아이의 심장에 깊숙이 꽂혔다.

아이가 울먹였다.

"아냐…… 아냐, 유즈루…… 나…….."

"이제, 헤어지자. 아이."

줄곧 생각해오던 게 있었다.

헤어지면 피차 더 즐겁게 살 수 있지 않을까? 그녀는 나를 배려할 필요가 없고, 나도 편해지지 않을까?

그런 생각을 여러 번 했었지만, 아이를 좋아한다는 마음이 그것을 억눌렀다.

내가 단호히 말하자 아이는 뚝 멈춘 채로 망연자실한 얼굴로 나를 쳐다봤다.

나도 눈가에 눈물이 맺힌 채로 말했다.

"우리, 사귀는 게 아니었어. 그냥 쭉 친구로 지내는 편이 나았어……."

아이가, 힘없이, 고개를 붕붕 저었다.

"유즈루, 잠깐만……. 나, 유즈루가 그렇게 상처 입었을 줄은 몰랐어……. 그러니까, 미안——"

"사과할 필요 없어!!"

나는 그녀의 말을 막듯 외쳤다. 아이가 휴읍, 하고 날카롭게 숨을 들이마셨다.

"그만 됐어……, 아이."

나는 차오른 끝에 넘쳐버리고 만 눈물을 닦지도 않고 말했다.

"넌, 자유롭게 날아다니는 나비잖아?"

그 말을 듣고 아이의 표정이 일그러졌다.

그저 떼를 쓰는 아이처럼 내뱉은 이 말이 가차 없이 아이의 마음을 다치게 했다.

그러나 그것을 막을 수가 없었다.

그만큼 나 역시 그녀와의 관계 속에서 꾸준히 상처를 입어왔다.

"그러니 나 같은 건 마음에 두지 말고 마음껏 살았으면 좋겠어. ……나야말로, 미안해."

"유즈루, 아냐……, 아니래도."

"그럼 이만, 아이."

"유즈루!!"

아이의 말을 끝까지 듣지 않고 나는 달아나듯 공원을 떠났다.

너무나도 제멋대로인 사랑이었다.

자유로운 그녀에게 반했으면서도 막상 그녀 곁에 가장 가까이 서게 되자 그 자유로운 일면에 염증을 느꼈다.

그녀를 가장 잘 아는 이해자가 되었다는 사실에 기뻐했건만 정신을 차리고 보니 그녀의 이해자로서 살아가는 데 지치고 말았다.

실은 나에게는 없는 눈부신 빛에 이끌려서 억지로 까치발을 했을 뿐이다.

나와 아이의 교제는 나에게 오직 무력감만을 선사하고서 막을 내렸다.

그 후로는 복도에서 아이를 발견하더라도 말을 걸지 않고 되도록 피했다.

그러는 사이에 그녀가 부모님의 사정으로 전학을 가버렸다.

이제 됐다. 잊어버리자.

아이도 시간이 흐르면 나 같은 건 잊고서 새로운 장소에서 또 자유롭게 살아가겠지.

나는 그런 식으로 애써 아이를 잊으려고 노력해 오면서 살아왔다.

그랬건만…… 또, 아이가 나타났다.

예전과 다름없는 자유로운 일면과, 그리고 솔직한 '호감'을 갖고서…….

"유즈, 거기, 내 자린데."

부실 소파에 드러누워 아이를 생각하고 있었다.

정신을 차려보니 소파 바로 옆에서 오다지마가 서서 나를 내려다보고 있었다.

오늘도 왔나?

"네 전용 소파가 아닐 텐데."

내가 말하자 오다지마가 혀를 찼다.

"그렇다고 유즈의 침대도 아니잖아. 그렇게 드러누우면 내가 앉을 공간이 없잖아. 무지 걸리적거리거든."

"아무리 그래도 부장한테……."

"아~ 진짜~ 쫑알쫑알쫑알 시끄러! 걸리적거려! 얼른, 일어나!"

짜증이 치밀었는지 오다지마가 억지로 나와 소파 사이로 팔을 집어넣더니 내 등을 밀어서 획 일으키려고 했다.

오다지마가 몸을 기울이자 그녀의 가슴이 바로 눈앞에 보였다.

두 번째 단추까지 풀어놓은 그녀의 셔츠에서 윗가슴과 속옷이 훤히 보였다. 나는 너무 민망해서 눈을 돌렸다. 결국에는 스스로 몸을 일으켰다.

"오다지마, 웬만하면 두 번째 단추 정도는 채워둬."

내가 오다지마에게서 시선을 돌리자 그녀가 의아해하며 나를 쳐다봤다가 자기 가슴을 내려다봤다.

그러고는 황급히 팔로 가슴을 가렸다.

"……최악."

"그렇게 풀어헤친 쪽이 잘못이지."

"오늘 속옷, 안 귀여운데……."

"그런 문제가 아닌데."

오다지마가 항의 섞인 눈빛을 보내면서 내 옆에 털썩 앉았다.

3인용 소파이긴 하지만 둘이서 앉으니 생각보다 거리가 가까워졌다. 나는 마음이 불편해졌다.

결국 일어서서 늘 앉는 파이프 의자 쪽으로 이동했다.

오다지마가 토라진 표정으로 소파 한가운데에 다시 앉아 다리를 꼬았다.

"그래서?"

"어?"

"왜 그렇게 궁상을 떨고 있었던 거야?"

오다지마가 스스럼없이 나를 쳐다봤다.

나는 한숨을 내쉬고서 고개를 가로저었다.

"그냥 졸려서 드러누운 거뿐이야."

"그렇게 눈을 번쩍 뜨고서 자는 녀석이 어딨냐."

오다지마가 안달이 난 것처럼 다리를 덜덜 떨면서 나를

째려봤다.

"미즈노 씨 때문이지?"

"……왜 그렇게 생각하는데?"

질문에 질문으로 답하는 건 심술궂다는 걸 알면서도 오다지마 역시 내 사생활을 언급했으므로 그대로 내뱉었다.

내가 묻자 오다지마가 왠지 껄끄럽다는 표정으로 눈을 이리저리 돌렸다.

뭐지?

"……어제, 함께 있는 모습을 봤으니까."

"어?"

예상지 않은 말에 나는 목소리가 뒤집어졌다.

내 모습을 보고서 오다지마가 조금 당황한 듯 손을 붕붕 저었다.

"그, 저기, 유즈랑 우리 집온 가장 가까운 역이 똑같잖아."

"아아…… 그랬지."

어제 나와 아이는 그 '가장 가까운 역' 앞 상점가를 함께 거닐었다.

어째선지 그 기억이 머릿속에서 빠져 있었다. 휴일에 그곳을 걸었으니 누군가가 목격했을 법도 하다.

"어제, 상점가를 어슬렁거리다가 우연히 봤거든."

"그랬구나."

오다지마가 특히 주말을 집에서 보내는 걸 거북해한다는 걸 잘 알고 있다.

오다지마가 조금 미안해하는 눈치였다. 그러나 우리가 함께 있는 모습을 봤다고 해서 내가 그녀에게 화낼 일은 아니다.

그러나 문제는 오다지마가 그날 일에 흥미를 보이고 있다는 점이다.

그녀가 여러모로 캐묻는 건 솔직히 성가시다.

"즐겁게 데이트를 즐기는 것처럼 보이던데?"

오다지마가 말하자 나는 얼굴을 찡그렸다.

"딱히, 그런 거 아냐."

"그럼 그 후에 무슨 일이 있었던 거야?"

"왜 묻는 거야?"

내 목소리가 생각보다 더 냉랭했다.

오다지마가 순간 당황했는지 말을 잇지 못했다. 그러나 이내 살짝 부아가 치밀었는지 강한 어조로 말했다.

"그러니까! 그런 얼굴을 하고 있길래 물어보는 거잖아!"

"그런 얼굴이라니…… 무슨."

"이 세상이 다 끝난 것 같은 얼굴!!"

오다지마가 분개한 사람처럼 큰소리로 말하고서 내 얼굴을 가리켰다.

왜 화를 내는 거지.

"평소에는 온화한 얼굴로 내가 여기서 무슨 일을 벌이든 표정 하나 바꾸지 않았으면서!"

"왜냐면, 아무렇든 좋잖아. 오다지마가 부실에서 뭘 하든

간에."

"아, 아무렇든⋯⋯."

오다지마가 입을 뻐끔거리고서 다시 할 말을 잃었다.

실제로 제대로 기능하지 않는 부활동이다.

누군가가 이곳을 거처로 여기고 있다면 뭘 하든 상관없다. 진심으로 그렇게 생각한다.

나도 애당초 독서를 좋아해서 독서를 하고 있을 뿐이다. '독서부원'으로서 본분을 다하고자 책을 읽고 있느냐고 묻는다면 틀림없이 아니라고 대답하겠지.

오다지마가 몇 초쯤 할 말을 잃은 표정으로 시선을 헤맸다. 그리고 겨우 입을 열었을 때 그 눈동자에 분노가 또 깃들어 있었다.

"그, 그렇다면 더더욱! 지금 네게 벌어진 일은 '아무렇든 좋지 않다'라는 뜻이잖아!"

"⋯⋯."

그녀가 아픈 곳을 찌르자 나는 침묵했다.

어제 나는 아이에게 솔직한 심정을 전하여 명확하게 그녀를 '거절'했다. 그래서 비로소⋯⋯ 그녀와, 그녀와의 과거에서 해방되었다고 여기던 차였다.

그런데 하루가 지난 지금도 결국 그녀를 생각하고 있다.

"너랑 달리 난 같은 공간에 곰팡내 나는 표정을 짓고 있는 녀석과 함께 지내는 걸 견딜 수가 없어!"

오다지마가 손가락으로 가리키며 말하자 나는 부아가 치

밀어 파이프 의자에서 일어섰다.

"그럼 오늘은 이만 돌아가야겠네."

"그런 말이 아니잖아!"

분노를 쏟아내는 오다지마를 보고서 나는 당혹스러웠다. 그녀가 왜 그렇게 화가 났는지 이해할 수가 없었다.

"기분 나쁘게 했다면 사과할게. 아마도 오늘은 쭉 이런 느낌일 것 같으니까…… 이만 돌아갈까 해."

내가 말하자 오다지마가 고개를 세차게 가로저었다.

"아냐. 그런 말이 아니래도."

오다지마가 필사적으로 나를 쳐다봤다.

그녀는 명백히 무언가에 화가 났다. 그러나 내가 '곰팡내 나는 표정'을 짓고 있어서 화가 난 게 아닌 듯했다.

"내가 하고 싶은 말은! 그런 표정을 지을 만큼 단단한 응어리가 있다면 제대로 해결될 수 있도록 노력하는 편이 낫다는 뜻!"

오다지마가 그렇게 말하고서야 비로소 그녀가 하고 싶은 말이 무엇인지 이해했다.

그리고 동시에 '왜 오다지마에게 그런 소리를 들어야만 하는 거냐' 하는 마음이 솟았다.

나는 이미 오다지마가 짐작하는 것 이상으로 충분히 괴로워했다.

바꿀 수 없는 과거를 질질 끌다가 겨우 잊힐 만큼 시간이 흘렀건만 아이가 또 내 앞에 나타났다.

처음에는 당혹스러웠지만, 나는 그녀와의 관계를 드디어 확실히 끊어냈다.

이 마음 속 아픔도 분명 시간이 지나면 사라지겠지.

그런데 오다지마는 맨손으로 그 상처를 건드렸을 뿐만 아니라 '그 아픔을 어떻게든 빨리 처리해 버리자'라고 말했다.

나는 불쾌한 감정을 노골적으로 드러내며 입을 열었다.

"……그걸, 오다지마한테 털어놓아야 할 이유가 없잖아."

내가 대꾸하자 오다지마의 눈이 휘둥그레졌다.

내 입에서 앗, 하고 작은 소리가 새어나왔다.

방금 전까지 분노했던 오다지마의 얼굴이 슬픔으로 물들었다.

나는 지금 그녀에게 상처를 준 모양이다.

오다지마의 급격한 표정 변화에 눈이 핑핑 돌 지경이었다.

슬픔으로 물들었니 싶었는데 이번에는 무언가 떠올린 것처럼 다시 분노에 불을 지폈다.

나는 그녀에게 상처를 줬고, 또다시 화나게 했다.

"아아…… 그러셔! 그럼 여기서 주구장창 끙끙거리지 그러니? 소파도 돌려줄게."

오다지마가 속사포처럼 쏘아대고서 학교 가방을 홱 집고서 일어섰다.

그녀가 불쾌한 기색을 대놓고 드러내듯 크게 쿵쿵 걸으면서 부실을 나갔다.

"요즘 유즈."

오다지마가 부실 밖에 서서 문에 손을 댄 채로 나를 곁눈으로 쳐다봤다. 째려보는 듯한 그 눈빛에 나는 눈길을 돌렸다.

"무지무지무지 꼴사나워."

오다지마가 난폭하게 문을 쾅! 닫고서 발소리를 크게 내며 복도를 걸어갔다.

한숨이 나왔다.

솔직히 오다지마의 언동에 부아가 치민 것은 사실이다. 그럼에도 내 행동 역시 너무나도 유치했다.

오는 말이 거칠었는데 가는 말도 거칠었다. 그녀를 삐치게 했을 뿐이다.

평소에는 타인을 배려할 만한 여유가 있는데도 아이만 얽혔다 하면 나는 구제불능이 된다.

내 감정을 전혀 제어할 수가 없다.

"하아……."

나는 홀로 남은 부실에서 다시 소파로 비틀비틀 다가가 벌러덩 드러누웠다.

'제대로 해결될 수 있도록 노력하는 편이 낫다는 뜻!'

오다지마의 말이 머릿속에서 되살아났다.

"내게 그렇게 말한들……."

나는 아무도 없다는 걸 핑계로 어린애처럼 중얼거렸다.

"대체 어쩌라는 거야……."

해결.

기분 좋은 말인 것 같다.

그러나 이 경우에 대체 무얼 가리키고 있는 걸까?

결국은 나와 아이의 마음에 달린 문제다.

어제 그 말 때문에 역시나 아이는 나에게서 정나미가 떨어지지 않았을까? 아니, 그러길 바란다.

만약에 아이가 내 앞에 평소와 다름없는 모습으로 또 나타난다면 대체 어떤 태도로 대해야 좋을까.

그녀를 '가두고 만' 내 자신이 싫을 지경인데, 그녀가 또다시 스스로 내 가슴으로 날아든다면 어찌해야 좋을지 전혀 모르겠다.

정말로, 아무것도, 모르겠다.

"……돌아가자."

나는 소파에서 일어서 부실 문을 잠그고서 교무실로 향했다.

최종 하교 시각까지 아직 몇 시간쯤 남았다.

여름이라서 이 시각은 아직 환하다.

신발장에서 신발을 갈아 신고서 운동장에서 연습에 매진하고 있는 야구부를 멍하니 쳐다봤다.

경기에 열중하고, 시합에서 이기는 것을 명확한 목표로 삼고서 활동하는 그들의 모습이 내 눈에는 눈부시게 비쳤다.

나에게도 무언가 열중할 수 있는 게 있었다면, 이렇게 끙끙거리며 고민하는 일은 없지 않았을까.

별 소용없는 생각이 떠오르자 나는 고개를 붕붕 흔들고서 걷기 시작했다.

이런 곳에서 시간을 보내다가 느닷없이 아이와 맞닥뜨리기라도 한다면 정말로 곤란하다.

방과 후 학교는 그녀의 뜰이다.

"…………또야."

나는 한숨을 섞으며 중얼거렸다.

틈이 날 때마다 아이를 생각하고 마는 스스로가 싫었다.

나는 조금 속도를 높여 교문으로 향했다.

마침 교문을 나섰을 즈음에 주머니에 들어 있는 스마트폰이 부르르 떨렸다.

이 시간에 누군가가 연락을 하는 건 드문 일인지라 나는 놀라서 스마트폰을 꺼냈다.

화면에는 메시지 어플의 알림이 표시되어 있었다. 오다지마가 보낸 것이다.

[이거 소문인데, 우리 반 안도가 미즈노 씨한테 홀딱 반했다고 해.]

그 내용을 읽고서 나는 코로 숨을 천천히 내뱉었다.

그토록 화를 냈으면서 어째서 이런 메시지를 굳이 나에게 보낸 건지 모르겠지만, 그녀 나름의 배려가 아닌가 싶었다.

그러나 이 내용에 대해 뭐라고 대답해야 좋을지 딱히 떠오르지 않았다.

[그렇구나.]

그렇게만 보냈다.

주머니에 넣었던 스마트폰이 연달아 진동했다.

[최악.]

[멍텅구리 바보.]

[난 알려줬다.]

오다지마가 메시지를 연타로 날렸다.

나는 별나게 생긴 고양이가 엄지를 세우고 있는 스탬프(이것도 오다지마가 준 것이다)를 보내고서 스마트폰을 다시 주머니에 넣었다.

"그러니까……."

나는 미간을 찡그리고서 한숨을 깊이 내쉬었다.

"나랑 관계없는 일이라고……."

그래, 관계없다.

아이가 누군가와 나란히 걸어가는 광경이 순간 미릿속에서 떠올랐지만, 고개를 흔들어 지우고서.

나는 터벅터벅 하교했다.

7
장

YOU ARE

A story of love and
dialogue between
a boy and a girl with
regrets.

MY REGRET...

"아사다, 할 얘기가 있는데."

이튿날, 수업 시작 전에 동급생 안도 소스케가 내 책상 앞에 나타났다.

뒷자리에서 내용물이 얼마 남지 않은 팩 주스를 슈릅! 하고 빨아들이는 소리가 들렸다.

안도는 이 반의 중심인물이라고 해도 과언이 아닌 활달한 남자다.

축구부 소속이고, 언동이 발랄하다. 그래서 남녀불문하고 같은 학년 안에서도 인기를 끈다.

그런 그가 반 행사 기간도 아닌데도 나에게 말을 걸다니 별일이다.

나도 동급생들과 관계가 소원한 편은 아니다. 물론 자리가 가까워지거나, 어떤 용무가 생겨서 안도와 대화를 나눈 적도 있다. 그러나 그가 일부러 내 책상 앞까지 다가와 말을 건 적은…… 대단히 드물다.

그리고 용건은 이미 알고 있다.

오다지마가 어제 보냈던 메시지와 관련이 있겠지.

"무슨 일이야?"

나는 읽고 있던 문고본을 덮고서 안도를 봤다.

안도는 왠지 조마조마해하는 표정으로 내 앞에 서 있었다.

"아사다, 미즈노랑 아는 사이야? 그 3반 애 말이야."

역시나 싶었다.

아이가 전학 온 지 얼마 되지 않았기에 오늘 이런 질문을 할 줄은 예상하지 못했다. 그러나 그녀가 교실 안에 있는 나에게 자주 말을 걸었으니 다들 여러모로 짐작할 만도 하겠지.

"뭐, 중학교 때 알고 지내긴 했어."

내가 수긍하자 안도가 '흐~음' 하고 모호하게 대꾸하고서 곁눈으로 쳐다봤다.

"사귀고 있는 건 아니겠지?"

안도가 거두절미하고 묻자 나는 쓴웃음을 지으며 고개를 끄덕였다.

"응, 안 사귀어."

그렇게 대답하자마자 누군가가 내 의자를 쾅! 하고 찼다.

뒷자리에 앉아 있는 오다지마가 벌인 짓이 뻔하므로 나는 무시했다.

안도가 여전히 조마조마한 표정으로 나에게 몸을 바짝 붙이고는 속닥거렸다.

"미즈노, 엄청 귀엽잖아? 남친이 없다면 나, 진심으로 부딪쳐볼까 해서 말이야."

"그렇구나."

"미즈노가 네게 말을 거는 모습을 자주 본지라 일단 확인차 물어봤어."

"응. 나랑 미즈노는, 아무 사이도…… 아냐."

말하던 도중에 두 번이나 의자가 쾅! 쾅! 차였다. 결국 나는 얼굴을 찡그리며 뒤를 돌아봤다.

"뭐야."

오다지마를 째려보니 그녀도 질 수 없다며 나를 째려봤다.

"…………쳇."

오다지마는 할 말이 있는 듯한 눈치였지만, 대신에 혀를 세게 차기만 했다.

나는 한숨을 한 번 내쉬고서 몸을 다시 안도 쪽으로 돌렸다.

"나랑 아무 사이도 아니긴 하지만……. 근데 아마, 사귀는 건 어려울지도 몰라."

나는 그렇게 말했다.

안도라면 혹시 가능할지도 모르겠다는 생각을 아예 하지 않은 건 아니지만.

머릿속에서 아이와 안도가 나란히 걸어가는 광경을 상상해봤는데도 묘하게 와닿지가 않았다.

애당초 그녀 옆에 내가 나란히 서 있는 광경 역시 남들 눈에는 기이하게 비치겠지.

내 말을 듣고 안도의 눈이 동그래졌다.

"왜?"

심플한 질문.

나는 명백히 건방진 소리를 내뱉고 말았다. 그러나 그는 괘념치 않는 기색이었다.

다만 내 말에 흥미를 보이고 있다.

"미즈노는…… 왠지, 그런 데 별로 흥미가 없는…… 것 같아서."

나는 말하면서도 말이 목구멍에 걸리는 것을 느꼈다.

정말로 그런가? 하는 의문이 솟았다.

내가 아는 아이는 자유롭고, 늘 마음이 가는 대로 행동했는데…….

'좋아해, 유즈루.'

그녀의 말이 귓가에서 촉촉하게 재생됐다.

소름이 돋았다.

그래, 마음 가는 대로 행동하는 그녀가 내뱉은 말.

그건 모두 '그녀의 진심'이 담겨 있는 게 아닌가?

그렇다면…….

"응, 왜 그래?"

아무 말 없이 시선을 아래로 떨구는 내 앞에서 안도가 손을 흔들자 나는 정신을 차렸다.

"아아, 응. 어쨌든, 미즈노랑 연애하는 건 어렵지 않을까 싶어."

나는 하려고 했던 말이 딱 떠오른 것처럼 그렇게 말했다.

안도가 어리둥절해하며 '그래' 하고 대답하고 빙긋 웃었다.

"그래도 연애할 마음이 없는 그런 애를 돌아보게끔 하는 것도 두근거려서 재밌을 것 같아."

그 말을 듣고서 나는 기가 막혀서 입을 다물지 못했다.

그가 내뱉은 말속에는 내 안에는 없는 반짝거림이 숨겨져 있었다. 그 당찬 기세에 나는 그저 압도됐다.

"그, 그래? 응, 힘내."

"오, 고마워!"

안도가 시원스레 웃고서 내 자리에서 멀어졌다.

나는 의자 등받이에 푹 기대고서 숨을 깊이 내뱉었다.

저런 적극적인 성격이 나에게 있었더라면.

아이와 조금은 다른 결과를 맞이했을까? 그런 생각이 들었다.

"……진짜, 바보."

뒤에서 작게 들려오는 중얼거림을 나는 못 들은 척했다.

나는 정말로 꼴불견이다.

× × ×

순식간에 방과 후가 됐다.

수업 내용은 공책에 꼼꼼히 정리했지만, 내용은 거의 기억이 나질 않는다.

칠판에 적힌 글을 옮겨 적고, 부여된 문제를 풀면서도 온종일 정신이 딴 곳에 가 있는 듯한 기분이었다.

안도는 내뱉은 말을 그대로 실행하는 유형의 사람이다.

머지않아 아이에게 데이트하자고 권하면서 거리를 점점 좁혀가겠지.

그때 아이는 어떻게 할까?

나와는 관계가 없다.

어제 스스로에게 수없이 되뇌었던 말이 지금 무겁게 마음을 짓눌렀다.

그래, 관계없다.

나와 아이는 한때 사귀었던 사이일 뿐, 이미 그녀의 미래와 나는 전혀 관계가 없다.

그녀와의 과거에 중압감을 느끼고, 달아나고 싶어서 일방적으로 거절하는 말을 퍼부어 관계를 끊어냈다.

이제는 편해질 수 있으리라 여겼건만.

이번에는 끊어져 버린 그녀와의 관계 때문에 나는 번민하고 있다.

맨날 도돌이표다.

나는 이러니저러니 해도…… 아직도 아이를 좋아하는가 보다.

이보다 더 한심스러울 수는 없다.

학교 가방에 교과서와 문고본을 척척 담고서 일어섰다.

이런 날은 조용한 부실에서 문자 위에 몸을 맡기고만 싶다.

어차피 독서에 집중할 수 없을 테지만, 그래도 아무것도 하지 않고 똑같은 생각을 반복하며 괴로워하는 것보다는 훨씬 낫다.

교실을 나가려고 하니 학교 가방에 소지품을 담고 있던 오다지마가 내 소매를 당겼다.

"잠깐, 나도 갈 거야."

나는 무심코 얼굴이 굳어버렸다.

틀림없이 잔소리를 또 늘어놓으실 게 뻔하다고 짐작했기 때문이다.

그런데 그런 내 얼굴을 보고 오다지마가 조금 상처를 입었는지 표정을 일그러뜨리고서 입을 다물었다.

나는 숨을 천천히 내뱉고서 고개를 가로저었다.

"미안, 기다릴게."

부실에 가겠다는 부원에게 싫은 내색을 하다니 빵점 부장이다.

내가 말하자 오다지마도 고개를 가로젓고는 바닥을 이리저리 내려다봤다.

"어, 어제처럼 버럭 화내지는 않을게."

"아냐, 괜찮아. 오다지마의 말이 아마도 옳을 테니까."

알고 있다.

스스로를 객관적으로 보질 못하는 나보다는 오다지마의 말이 필시 정확하다.

다만 나에게 그걸 인정할 만한 도량이 없을 뿐이다.

소지품을 다 챙긴 뒤 오다지마가 일어서자 나는 교실을 나섰다. 오다지마도 내 뒤를 얌전히 따라왔다.

그리고 복도로 나오니 나란히 걸어오는 두 학생이 시야에 들어왔다.

"아……."

그중 한 사람이 나를 보더니 멈췄다.

아이였다.

그리고 그 옆에는 안도.

"오다지마 씨랑…… 유즈루…….."

아이가 한 손을 머뭇머뭇 들어 올리고서 어색하게 미소 지었다.

"……미즈노."

내 입에서 그 말이 살짝 새어나오자 아이가 몸을 흠칫 떨고서 복잡한 표정으로 고개를 떨궜다.

그녀가 부탁한 대로 '아이'라고 부를 수도 있었지만 어째 선지 그러지 않았다.

"두, 두 사람은 부활동하러 가는 길?"

고개를 홱 들고서 아이가 나와 오다지마에게 말을 걸었다.

"맞아."

내가 수긍하자 아이가 어색하게 웃고서 대꾸했다.

"그렇구나. 난……."

"나랑 데이트 해주는 거지?"

안도가 아이의 말에 끼어들듯 말했다.

데이트.

그 말을 듣고 나는 가슴속이 욱신거렸다.

아이가 당황한 얼굴로 손사래를 쳤다.

"아니, 데이트는 아니지만…… 뭐, 같이 놀자고 하길래. 어디든 어울려 주겠다고 했고……."

"물론, 미즈노가 원하는 곳에 함께 가줄게. 귀여운 애랑 함께라면 분명 어디든 재밌을 테니까."

안도가 거리낌 없이 말했다.

느끼한 대사이긴 했지만, 신기하게도 불쾌함이 느껴지지 않았다. 인상과 잘 어울렸다.

아이와 함께라면 어디든 재밌다.

나도 그렇게 생각했던 시절이 있었음을 떠올렸다.

쓸데없는 감정이 생겨나지 않았더라면 나와 아이는 쭉 함께할 수 있었을까?

"그럼 그런 줄 알고."

안도가 한 손을 들어 올리고서 나에게 윙크를 했다.

그러고는 스쳐지나갈 때 작은 목소리로 '다음에 한턱낼게' 하고 말하고서 복도를 걸어갔다.

아이는 딱 한 번 내 쪽을 돌아보고는 거북한 듯 눈을 돌렸다.

그 뒷모습을 멍하니 쳐다보고 있으니 갑자기 옆구리가 쿡 찔렸다. 무릎에 툭 찍힌 갈비뼈 가장자리가 몹시 아파서 나는 소리를 지르고 말았다.

"아파! 뭐야!"

"너 바보 아냐? 지이이인짜로 괜찮겠어?"

옆에서 오다지마가 험상궂은 얼굴로 나를 노려봤다.

거봐, 역시 화낼 거잖아?

나는 입술을 삐죽 내밀고서 고개를 가로저었다.

"좋든 싫든 나랑은 관계가——."

"그게 관계가 없다는 녀석의 얼굴이냐!!"

오다지마가 호통치자 주변 공기가 찌릿찌릿 진동하는 듯했다.

교실 안에서 담소를 나누던 동급생들이 화들짝 놀라 우리 쪽을 쳐다봤다.

그 시선을 느낀 오다지마가 민망한지 헛기침을 어험 하고서 '부실, 가자' 하고 말했다.

"또 버럭할까 봐 싫은데."

내가 미간을 찡그리며 대답했다. 그러자…….

"화 안 낸다고 했잖아아아!!"

오다지마가 또 호통을 쳤다.

나도 내가 꼴불견이라는 걸 자각하고 있긴 하지만.

오다지마 역시 성미가 너무 급한 거 아냐?

"요즘 유즈를 보고 있으면 속이 무지무지 부글부글 끓어."

부실에 도착하자마자 오다지마가 나를 흘겨보며 말했다.

수업 중에 잠겨 있던 부실 안에는 후더분한 습기가 충만했지만, 에어컨을 켤 만큼 무덥지도 않았다.

나는 오다지마의 말을 들으면서 창문을 열었다.

축축한 여름 바람이 부실 안으로 흘러들자 조금이나마 숨쉬기 편해진 기분이었다.

바람에 흔들리는 곱슬머리가 걸리적거리는지 뒤로 쓸어

넘기고서 오다지마가 소파에 앉았다.

"유즈는."

오다지마가 바닥을 내려다보면서 말했다. 그 목소리는 크지 않았지만 좁고 조용한 부실 안에서 또렷하게 들렸다.

"유즈는, 늘 냉정하고 사물을 객관적으로 봐……. 딴 녀석이랑은 달라."

그 말에 나는 눈을 동그랗게 뜨고서 고개를 가로저었다.

오다지마가 나를 그렇게 평가하고 있을 줄은 몰랐다.

"그렇지 않아."

"유즈는, 암것도 몰라!"

내 말을 덮어버리듯 오다지마가 험한 목소리로 말했다. 그러고는 이내 화들짝 놀란 것처럼 손으로 입을 막았다.

"……미안."

'화를 내지 않겠다'라는 약속을 어겨서 사과했겠지.

"괜찮아, 화났잖아."

내가 말하자 오다지마가 고개를 끄덕이다가 이내 가로저었다.

"……화가 났다고 해야 할까, 부아가 치밀어."

"그건…… 내가 사실 네가 생각하는 그런 사람이 아니라는 걸 알아서?"

또 차가운 목소리가 나오고 말았다. 요즘에 나는 터져 나오는 감정을 전혀 제어할 수가 없었다.

오다지마가 순간 말문이 막혔다. 그러나 이내 고개를 붕붕 저었다.

"……내가 몰랐을 뿐이야. 지금의 네 모습 역시 너잖아? 그건, 됐어."

오다지마가 그렇게 말하고서 또 바닥을 내려다봤다.

눈동자를 이리저리 돌리는 것을 보니 필사적으로 무슨 말을 할지 고민하는 듯했다.

"아까, 나…… 네게 '암것도 모른다'고 했는데……. 나도, 아마도 암것도 몰라."

그녀가 시선을 올려 나를 쳐다봤다.

"그러니까…… 알려줘. 유즈랑 미즈노 씨의 과거를."

오다지마가 너무나도 올곧은 눈으로 나를 똑바로 쳐다봤다. 나는 도망칠 곳을 잃은 것처럼 당황했다. 시선을 돌리고 싶었다. 그러나 그럴 수 없다.

지금껏 오다지마가 나에게 무언가를 '요청'한 적은 없었다.

늘 정처 없이 어슬렁거리다가 가끔씩 얼굴을 비치는 들고양이 같은 소녀. 그게 바로 오다지마였다.

그랬건만 요즘에 오다지마는 내 이야기를 할 때면 금세 목소리가 험해진다. 그 목소리와 눈동자로 무언가를 맹렬하게 호소한다.

그리고 지금 나에게 한심한 이야기를 들려달라고 요청했다.

"왜……."

나는 목소리를 쥐어짜냈다.

그러나 입에서 나온 말에는 역시나 이곳에서 도망치려는 마음만 담겨 있었다.

"왜, 그걸…… 알고 싶어 하는 거야."

내가 말하자 오다지마가 여전히 진지한 표정으로 말했다.

"유즈가 고민하고 있으니까."

"하지만 그건……."

말을 채 끝내기 전에, 오다지마의 표정에 급히 열이 올랐다는 걸 나도 알 수 있었다.

"나랑은 관계가 없다는 말은 하지 마!"

단호한 거부의 말이었다.

내가 딱 말하려고 했던 그 말을 오다지마가 미리 봉쇄해 버렸다.

오다지마가 어째선지 울먹였다.

왜 네가 그런 표정을 짓는 거야.

"그야, 그렇겠지. 원래 남 일은 대개 남과는 관계가 없어. 근데 말이야……, 다르잖아."

오다지마가 울음을 터뜨릴 것만 같은 표정으로 목소리를 쥐어짜냈다.

"나랑 유즈는…… 가, 같은…… 부활동 동료, 아냐……?"

그 말에 나는 흠칫했다.

그렇다.

오다지마가 지금보다 더 '유령부원'에 가까웠던 시절.

비에 흠뻑 젖어 이 부실로 뛰어 들어와서는 아무것도 묻지 말라고 한 그녀에게…… 나는 똑같은 말로 그녀의 속내를 이끌어 냈다.

그때도, 마찬가지였다.

나와는 관계가 없었다.

그래도 나는 알고 싶었다.

비에 젖어 정처 없이 헤매고 있는 오다지마가 느끼고 있을 슬픔 중 일부라도 건져낼 수 있다면, 그녀가 온몸으로 뿜어내고 있는 절망을 조금이라도 풀어줄 수 있지 않을까 싶었다.

주제넘게 그렇게 생각했었다.

"……그러네."

나는 체념하고서 고개를 끄덕였다.

처음에는 오다지마가 그저 호기심이나 채우려고 나와 아이의 관계를 알고 싶어 하는 줄 알았다.

그러나 분명 아니다.

나는 무의식적으로 오다지마에게 걱정을 상당히 끼치고 만 모양이다. 그녀의 필사적인 말을 듣고서 비로소 이해했다.

"알겠어, 얘기할게……. 근데 재미난 얘기는 아냐."

"그건 알아. ……그래도, 듣고 싶어."

"그래, 음……."

나는 파이프 의자에 천천히 앉았다.

그러고는 잠시 탁자 위를 이리저리 훑어보다가.

아이와 나의 과거를, 서서히, 오다지마에게 들려주기 시작했다.

× × ×

"그래서…… 나랑 아이는 헤어졌어. 그리고 몇 주 뒤에 그녀가 부모님 사정으로 전학을 간 거야."

내가 과거 이야기를 다 마쳤을 즈음 바깥은 완전히 어두워졌고, 날씨도 사나워졌다.

창문 밖에서 빗방울이 땅을 투두둑 때리는 소리가 들려왔다.

곁눈으로 밖을 보니 눈에 보일 정도로 굵은 빗방울이 하늘에서 쏟아지고 있었다.

"그래서 요전에 아이가 전학을 왔고, 예상치 못하게 재회했어."

"응."

"걘…… 아직도, 날 좋아한다고…… 했어."

"그렇겠지. 딱 보면 알잖아, 그건."

내가 말을 이어나가는 동안에 오다지마는 최소한으로 말장구만 쳤다.

이따금씩 그녀의 표정이 바뀌었지만, 도중에 끼어들어 말허리를 잘라내지는 않았다.

"난……."

이야기를 모두 마치고서 나는 한숨 섞인 쉰 목소리로 말했다.

"내게는…… 그녀랑 함께 있을 자격이 없어."

내가 말하자 오다지마가 뭐라 형언할 수 없는 표정을 짓고서 침묵했다.

"아이는, 자유롭게 살아가는 게 자기 철학이라고 분명히 말했어. 나도 그걸 알고 있어. 근데…… 난 그녀가 자유로워지는 걸 방해하고 말았어."

나는 시선을 떨군 채로 천천히 말했다.

"그걸…… 나는 견딜 수가 없었어."

내가 거기까지 말하자 지금껏 얌전히 이야기를 듣고 있던 오다지마의 눈썹이 꿈틀거렸다.

그리고 말을 툭 흘렸다.

"……그게 본심이네."

"……어?"

철저히 내 이야기에 귀를 기울여줬던 오다지마가 드디어 내뱉은 의견이 그것이었다.

"그 '견딜 수 없었다'라는 게 유즈의 본심이잖아?"

"그렇긴…… 하지만."

"그럼 방금 전까지 들려줬던 기이이이이이인 이야기는 뭐였던 거야?"

"어? 무슨……."

내가 당혹스러워하자 오다지마의 말에서 조금씩 열기가 느껴지기 시작했다.

"그러니까! 걔가 자유롭게 살아가는 모습이 좋다느니, 자유로운 것이야말로 걔의 인생이라느니! 번지르르한 말만 잔뜩 늘어놓는데!"

오다지마가 소파에서 일어서 이쪽으로 다가와서는 내 눈을 똑바로 쳐다봤다.

"요컨대 유즈는 미즈노 씨를, 독점하고 싶었던 거잖아."

나는 숨을 크게 들이마셨다.

그 말이 맞다.

너무나도 커다란 그 오만한 욕구를 나는 제어할 수 없었다.

그래서…….

"그게 뭐가 잘못인데?"

오다지마가 내 생각을 끊어내듯 말했다.

"……어?"

나는 얼빠진 소리를 냈다.

오다지마가 숨을 깊게 들이마시고는 이번에는 노기가 잔뜩 실린 목소리로 말했다.

"그러니까, 그게 뭐가 잘못이냐고 묻고 있잖아!"

나는 아무 말도 못하고 그저 눈만 동그랗게 뜨고서 오다지마를 쳐다봤다.

그녀가 답답해하면서 말을 이어나갔다.

"미즈노 씨는 유즈를 분명 좋아했어. 그래도 자유롭게 살고픈 마음도 있었어. 그뿐이잖아. 양쪽을 모두 바라더라도 이상하지 않아."

"그래도, 그러니까 내가 그녀의 자유로운 삶의 방식을 방해한 바람에 그녀가⋯⋯."

"그~런 말이⋯⋯ 아니잖아!"

오다지마가 소리를 버럭 지르고서 내가 앉아 있는 파이프 의자를 냅다 찼다. 그 힘이 생각보다 강력해서 나는 '으앗!' 하고 비명을 지르면서 파이프 의자와 함께 넘어졌다.

오다지마는 발로 파이프 의자를 확 밀어내고서 엉덩방아를 찧은 내 멱살을 쥐었다. 두 번째 단추까지 풀어헤친 셔츠에서 그녀의 가슴이 또 엿보였다.

"미즈노 씨도! 유즈도! 둘이서 함께 하는 길을 선택한 거잖아!"

오다지마가 외쳤다.

나는 숨을 쉬는 것도 잊고서 오다지마의 눈을 멍하니 보고 있었다.

둘이서 함께 하는 길을 택했다.

교제란 분명 그런 것이다.

그래, 선택했다. 선택한 끝에 후회했다.

오다지마는 눈물이 그렁그렁한 눈으로 필사적으로 말을 이어나갔다.

"둘은 각자 '우주'를 갖고 있고, 그 우주들은 각기 다른 빛깔로 빛나고 있어! 근데 '우주'가 한데 합쳐졌다고 해서 누군가의 빛깔에 맞출 이유는 없잖아?! 그건 아니잖아!"

오다지마의 눈빛은 진지했다.

화를 내고 있다. 그러나 단순한 분노가 아니라 나를 진심으로 일깨우고 싶어 하는 마음이 느껴졌다. 엄마에게 혼나고 있는 아이처럼 나는 찍소리도 못하고 그녀의 말을 듣기만 했다.

"미즈노 씨는 제멋대로 굴었어! 유즈를 마구 휘둘렀고, 본인이 즐겁다면 유즈도 마찬가지로 즐거울 거라고 멋대로 짐작했어!"

"그건, 내가 걔한테 맞춰주지 못했으니까……."

"아냐! 그게 아냣! 진짜 바보네!"

오다지마가 내 멱살을 잡은 채로 마구 흔들었다.

"유즈도, 제멋대로 굴었어야 했어! 어째서, 어째서…… 떼를 쓰지 않았던 거야!"

오다지마가 외치자 나는 흠칫했다.

분명 나는…… 인내심이 한계에 달할 때까지 아이에게 아무 말도 하지 않았다.

불만이 나날이 쌓여나갔지만 '그것이 그녀의 매력'이라며 꾹 삼켰다. 혼자서 감내하다가…… 끝내 터지고 말았다.

"날 더 봐달라고, 내 감정에도 맞춰 달라고! 왜 그런 소릴 안 했던 거야! 이 겁쟁이!"

오다지마가 외쳤다. 그녀의 격정이 그칠 줄을 몰랐다.

오다지마의 말이 내 가슴을 푹 찔렀다. '겁쟁이'라는 단어가 내가 억누르고 있던 분노를 모락모락 부풀렸다.

그녀의 말이 분명 맞다.

그러나 내가 얼마나 괴로워했는지 그녀는 모르잖아.

어째서 내가 이런 소리까지 들어야만 하는 거냐고.

그런 생각이 들었다.

"아냐!"

정신을 차리고 보니 나도 외치고 있었다. 오다지마의 눈이 휘둥그레졌다.

"아무리 좋아하더라도 상대의 삶의 방식을 바꾸면서까지 함께할 생각은 없어!"

내가 외치자 오다지마가 순간 쩔쩔매며 이를 꽉 악물었다. 그러나 이내 고개를 가로저으며 목소리를 높였다.

"그거, 죄다 네가 정한 거잖아!"

"……윽!"

아니라고 외치고 싶었다.

그러나 그럴 수 없었다.

"유즈는 그랬을지도 몰라! 그럼 미즈노 씨는 어땠는데!"

"아, 아이는……."

내 어조가 점점 약해졌다.

나는 아이가 자유롭게 살아주길 바랐다. 그녀가 나라는 우리에 갇혀서 답답해하는 건 그녀를 위해서라도 옳지 않다고 여겼다.

그러나 아이는 어땠을까.

듣고 보니 아이가 나를 어떻게 생각했는지 나는 모른다.

좋아한다는 심플한 말밖에 들은 적이 없었다.

"걔가 한 번이라도 그랬어? '내 인생에 참견하지 말라'라고! '넌 그 자리에서 자유로운 날 계속 긍정해주기만 해줘'라고!!"

"그렇, 지는……."

"전부, 전~~~부! 네가, 멋대로, 결정한 거잖아! 상대방의 마음을 퍽 헤아리는 척하면서 멋대로 거리를 뒀어! 그런 이별이…… 미즈노 씨한테……."

분노에 몸을 맡기고서 줄곧 외쳐대던 오다지마의 표정이 일그러졌다.

그 눈동자에 눈물이 그렁그렁 맺혀 있었다.

"기쁠 리가…… 없잖아……."

내 멱살을 잡고 있던 오다지마의 악력이 서서히 약해졌다. 그리고 그녀의 손이 풀리자 나는 바닥에 머리를 가볍게 찧었다.

오다지마가 울음을 터뜨렸다.

눈물을 뚝뚝 흘리더니 털썩 주저앉아 오열하기 시작했다.

나는 그 모습을 보고서 어찌할 바를 몰라 당황했다. 그녀가 우는 모습은 장대비가 내렸던 그날 이후로 처음 본다.

"왜, 왜 오다지마가 우는 거야……."

"……바보야, 보지 마."

오다지마가 나에게서 등을 돌리고는 가디건 소매로 눈물을 쓱쓱 훔쳤다.

그녀가 훌쩍이는 소리를 들으면서 나는 머리를 바닥에 댄 채로 넣을 놓았다.

타인의 영역에 침범하지 않는 것이 '배려'의 일환인 줄 알았다.

내 부모님은 꽤 방임주의라서 공부만 착실히 하면 잔소리를 하지 않는 유형이다. 중학생이 됐을 때 부모님의 그런 태도가 몹시 고마웠다. 덕분에 생활하면서 스트레스를 받았던 적이 거의 없다. 반항기다운 반항기도 나에게 찾아오지 않았다.

나는 그런 느슨한 환경에서 자랐던지라 학교 친구가 '부모님이 시끄럽게 잔소리를 한다'는 이야기를 들을 때마다 힘들겠구나 싶었다. 또한 타인에게 인생을 간섭받지 않는 게 얼마나 고마운 일인지 깨달았다.

그래서였을까. 나는 기본적으로 타인의 '삶의 방식'에 참견하는 것을 주제넘는 행위라고 받아들이게 됐다.

아니, 지금도 그렇게 생각하고 있다.

독서를 하면서도 타인의 삶을 그대로 받아들이는 등장인물과 만날 때마다 '어른이네' 하고 여겼고, 나 역시 그렇게 살자고 마음먹었다.

그러나 오다지마의 말을 듣고 퍼뜩 깨달았다.

나와 아이는 서로 교제하기로 결정한 순간부터 더는 '타인'이라고 할 수 없는 관계로 발전한 거 아닌가.

친구부터 시작했지만 친구라는 테두리로는 다 담을 수 없을 정도로 우리의 인연은 커져갔다. 관계를 더욱 키워나가고 싶어서 아이는 나에게 고백했을지도 모른다.

아이와 지냈던 나날은 무척 즐거웠다.

'늘 보는 풍경' 속에 신선한 충격과 생동감이 느껴져서 나는 새로운 세계를 발견한 듯한 기분이었다.

어쩌면 아이도 마찬가지였을지도 모른다.

나는 흔히들 말하는 '연애'라는 형태에 구속되어 교제를 시작한 뒤로 하나도 달라진 게 없는 아이를 보면서 불만을 키웠다.

그러나 동시에 그 무엇에도 구애받지 않는 그녀의 자유로운 모습이 좋아서 교제를 시작했으니까.

그녀의 삶의 방식에 참견해서는 안 된다고…… 강박관념처럼 굳게 믿었다.

그래도 나와 아이는 '연인'이었으니까.

나에게 진정 필요했던 건 인내가 아니라 서로의 가치관을 맞춰나가기 위한 대화와 시간이 아니었을까?

진정한 해결책을 외면하고서 상대방에게 양보하는 척 위선을 떨면서 달아난 사람은 나였다.

나에게 '타인의 인생에 관여하겠다'라는 각오가…… 너무나도 부족했던 게 아닐까.

나는 드디어 숨 쉬는 법을 다시 떠올린 것처럼 심호흡을 했다.

의식이 조금씩 부실 안으로 돌아왔다.

내가 몸을 서서히 일으키자 인기척을 느꼈는지 오다지마

가 몸을 흠칫 떨고서 소파 쪽으로 쭈뼛쭈뼛 이동했다.

그러고는 불쑥.

"……다시 만났잖아."

오다지마가 그렇게 말하고서 코를 크게 훌쩍였다.

"그러니까…… 제대로 얘기를 해봐, 둘이서. 앞으로 매일 매일 그런 어두운 얼굴을 보는 건…… 참을 수가 없어."

"……응."

오다지마가 말하자 나는 고개를 크게 끄덕였다.

그 이후로 나와 오다지마는 오랫동안 침묵했다.

창문에서 주룩주룩 내리는 빗소리가 들렸다.

문득 정신을 차려보니 부실 안이 빗물이 운동장 흙에 스며들어 그 열기에 휘발될 때 풍기는 독특하고도 정겨운 내음으로 충만했다.

"……유즈."

오다지마가 가냘픈 목소리로 중얼거렸다.

"……미안. 버럭해서, 폭력을 휘둘러서."

"……됐어, 나도, 미안."

나도 고개를 가로저은 뒤 숙였다.

오다지마가 이토록 격렬하게 분개한 모습은 처음 본다……. 그러나 그 모든 것들이 나를 위하는 마음임을 뼈저리게 느끼고 있다.

"나, 울컥하면 금세 이렇게 변해버려."

오다지마가 침울해하는 얼굴로 고개를 떨궜다.

방금 전까지 바락바락 성을 내다가 갑자기 풀이 죽어버린 오다지마를 보고서 나는 어떤 말을 건네야 할지 알 수가 없었다.

이리저리 고민한 끝에 나는 조심스럽게 그녀의 와이셔츠를 가리켰다.

"일단 말이야…… 그 두 번째 단추는 채우지 그래."

내가 말하자 오다지마가 깜짝 놀란 얼굴로 가슴팍을 내려다봤다.

그녀가 흥, 하고 콧소리를 내고서.

"……오늘은 귀여운 속옷을 입었으니까, 딱히 상관없어."

그렇게만 말했다.

8장

YOU ARE

A story of love and
dialogue between
a boy and a girl with
regrets.

MY REGRET...

부활동을 마치고서 학교를 나서니 비가 억수같이 쏟아지고 있었다.

여름다운, 질척질척하고 격렬한 비다.

"아차~, 엄청 쏟아지네."

오다지마가 작은 접이식 우산을 가방에서 꺼내면서 나를 쳐다봤다.

"같이 쓸래?"

그녀가 묻자 나는 고개를 저었다. 그리고 턱으로 신발장 구석을 가리켰다.

"아니, 역에서 내리면 각자 가는 방향이 다르잖아. 우산을 빌려 쓸래."

이 학교 신발장에는 오랫동안 방치되어 누가 주인인지 알수 없는 우산들이 모아져 있다.

오늘처럼 비가 갑자기 내리면 '우산 대여 상자'에서 우산을 빌려서 귀가해도 된다.

내가 상자에서 우산을 하나 뽑는 모습을 보고서 오다지마가 '아, 그래?' 하고 입술을 삐죽 내밀었다.

"이 미소녀랑 작은 우산을 함께 쓸 수 있는 기회를 놓치다니 유즈는 욕심이 없네."

오다지마기 장난스럽게 웃자 나도 살짝 웃고서 고개를 끄덕였다.

"그러게 말이야."

내가 고개를 끄덕이자 오다지마가 미간을 찡그리고서 얼

굴을 붉혔다.

"……방금 그 말은 딴죽을 걸어달라는 의미였는데."

"그랬어? 미안."

그쪽이 먼저 농담을 던졌으면서 부끄러워하면 뭘 어쩌자는 거야.

처음으로 크게 다투고 나서, 얌전해진 오다지마를 새삼스레 보니 확실히 미소녀이긴 하다.

갸루 패션과 다가가기 어려운 뚱한 표정 때문에 주변에 사람이 별로 없는 것 같은 인상이긴 하지만, 나는 이미 남자 동급생들 몇 명이 '오다지마, 괜찮네……' 하고 숙덕이는 소리를 들은 적이 있다.

"오다지마, 운동부 같은 데 들어가면 금세 인기를 끌 텐데."

내가 말하자 오다지마가 눈썹을 치올리더니 한쪽 발로 땅바닥을 세게 내디뎠다. 타일이 탕! 하고 울렸다.

"진짜! 놀리지 말라니까! 그 얘기는 끝났어!"

"후후. 아, 그래."

그녀가 흥, 하고 콧소리를 내고서 우산을 펼치려고 했다.

나는 그녀에게 아직 하지 못한 말이 있음을 깨달았다.

"오다지마."

"응?"

"……고마워."

내가 말하자 오다지마가 눈을 동그랗게 뜨고서 고개를 홱 돌렸다.

"하? 뭐가?"

다 알면서. 그러나 나는 더는 말하지 않고 우산을 펼쳤다.

좀처럼 잦아들 기미가 없는 비를 맞으며 나와 오다지마는 오랜만에 함께 하교했다.

가장 가까운 역에서 오다지마와 헤어진 뒤 익숙한 길을 따라 귀가한다.

빗줄기가 약해지기는커녕 더 거세지는 듯했다. 빗방울이 비닐우산을 투두둑 때리는 소리를 들으면서 나는 천천히 걸었다.

우산을 쓰고 있지만 발 부근은 이미 흠뻑 젖어버렸다. 신발 속이 척척 질퍽거린다. 걷기 어렵다고 느끼면서도 여름이구나 싶었다.

문득 아이가 떠올랐다.

영업시간이 끝나 셔터가 내려간 우체국 앞.

다른 건물보다 차양이 큰 그 건물을 보고 나는 그녀와 그곳으로 뛰어들었던 기억을 회상했다.

그날도 여름으로 접어드는 더운 날이었다.

둘이서 공원에서 담소를 나누고 귀가하는 길에 우리는 소나기를 만났다.

"오늘은 온종일 맑다고 했는데! 엄청난 비야!"

비를 맞으면서도 아이는 즐겁게 웃고 있었다. 나도 덩달

아 웃었다. 양동이를 뒤집어엎은 것처럼 비가 퍼부으니 되
레 웃음이 나왔다.

"저기! 저기서 잠깐 비를 피하자!"

아이가 우체국을 가리키고는 꺄르륵 웃으면서 달려갔다.
나도 그 뒤를 쫓아갔다. 우리는 차양 아래로 달려 들어갔다.

"수건 있어. 내 땀이 좀 묻어 있긴 하지만."

나는 학교 가방에서 엄마가 가져가라고 떠민 수건을 꺼내
아이에게 건넸다.

"써도 돼? 그럼 빌린다?"

아이가 수건을 받아 바로 얼굴을 훔쳤다.

내 땀이 묻었다고 말했는데도 전혀 아랑곳하지 않고 얼굴
을 훔치는 그녀를 보고 나는 조금 기뻤다.

문득 시선을 내리니 아이의 와이셔츠가 몸에 착 달라붙어
하얀 살결과 속옷 어깨끈이 비쳐 보였다. 나는 화들짝 놀라
시선을 돌렸다.

"비, 즐겁네."

아이가 들뜬 목소리로 말했다.

"즐겁다고?"

"응, 소나기는, 더 즐거워."

아이가 진지하게 대답했다.

그러고는 빗방울을 가차 없이 주룩주룩 쏟아내는 비구름
을 올려다보면서 말했다.

"이길 수가 없구나 싶어."

아이의 말이 빗소리에 녹아드는 듯했다. 자연스럽고 꾸밈 없는 말.

"우리가 대항해도 자연은 이길 수가 없어. 그걸 깨닫게 해 주는 것 같아서."

아이가 눈웃음 지으며 그런 말을 했다.

나는 이 비를 보면서 아무런 감개도 솟지 않았다. 비오는 날을 딱히 싫어하는 건 아니지만, 비에 젖으면 찝찝하다는 생각밖에 들지 않았다.

그러나 아이는 내가 지극히 평범한 생각을 하는 동안에도 규모가 큰 생각을 하면서 즐기고 있다.

흠뻑 젖었으면서도 여전히 표정이 생생한 아이의 옆모습을 훔쳐보면서 나야말로 '못 당해내겠구나' 싶었다.

"햇님이 햇살을 비추고 있을 땐 그런 사실을 알 수가 없잖아. 그래서 비 오는 날은 즐거워."

아이가 그렇게 말하고서 나를 봤다. 갑자기 눈이 마주쳐서 나는 황급히 시선을 돌렸다.

"유즈루는? 비 오는 날, 좋아해?"

아이가 묻자 나는 어떻게 대답할지 잠시 고민하다가 결국 솔직하게 말했다.

"모르겠어. 생각해본 적이 없었어."

"그러니?"

"응. 좋아하지도 싫어하지도 않아. 그냥 아, 비가 내리는 구나, 하는 생각뿐."

"후후, 그렇구나."

아이가 어깨를 들먹이며 키득 웃고서 하늘을 또 올려다 봤다.

"유즈루는 눈앞에 있는 걸 그대로 받아들이는구나."

"어?"

"다들 비가 내리면 마음이 동하기 마련이잖아. 비에 젖는 걸 싫어하는 사람은 '으엑' 하고 질색할 테고, 나처럼 비를 좋아하는 사람은 '아싸~!' 하고 기뻐할 테고."

아이가 즐거운 표정으로 말하고서 곁눈으로 나를 힐끔 쳐다봤다. 눈빛이 부드럽다.

"근데 유즈루는 '비가 내리는구나'라고 생각했잖아? 아하하, 신 같아."

아이가 그렇게 말하고서 웃었다.

너야말로 신 같지. 나는 그렇게 생각했다.

뭐든지 받아들이고 즐긴다. 나보다 훨씬 다양한 생각을 한다.

매일 질리지도 않는지 온갖 것들에 흥미를 보이고……, 한곳에 머무르는 법이 없다.

나는 아이를 동경하며 애태우고 있을 뿐이다. 그녀가 뿜어내는 빛을 그저 쬐고 있다.

태양처럼 그녀를 비추지도 않고, 그녀의 마음에 비를 뿌리지도 않는다.

그저 옆에 있을 뿐이다.

"유즈루."

불현듯 아이가 자신의 어깨로 내 몸을 툭 건드렸다.

사람을 잘 따르는 고양이가 주인의 몸에 뺨을 비비는 듯한 몸짓이었다.

"오늘, 비가 내려서 좋았어."

아이가 읊조리듯 말했다.

나는 아무 말 없이 그녀의 옆모습을 쳐다봤다.

"왜냐면……."

그 동그란 눈동자가 나를 포착하더니 부드럽게 가늘어졌다.

"비가 좋다는 얘길. 너랑 함께, 할 수 있었으니까."

무언가가 내 가슴을 꾹 움켜쥐는 듯한 느낌이 들었다.

사랑이다.

나는 아이를 사랑하고 있다. 알고는 있었지만 격렬하게 자각했다.

나는 어떻게 해야 이 사람 곁에 쭉 머물 수가 있을까.

그런 생각을 하던 그 순간에.

아이가 기도하듯.

"앞으로도 쭉…… 이런 풍경을, 유즈루랑 함께 보고 싶네."

그렇게 중얼거렸다.

나는 두근거리는 마음으로 어깨를 그녀 쪽으로 가까이 붙이고는.

"나도야."

그렇게 대답했다.

쏴아아아 거세지는 빗줄기 소리를 듣고서 나는 정신을 퍼뜩 차렸다.

정신을 차려 보니 우체국 앞에 우두커니 서 있었다.

"……그립네."

나는 중얼거리고서 다시 걷기 시작했다.

결국 내 위치는 줄곧 바뀌지 않았다.

그녀의 옆에 쭉 서 있기만 하다가 그 이외의 설 자리를 도통 알 수가 없어서 알아내지 못한 채 달아났다.

아이는 떠나가는 나를 어떤 심정으로 지켜봤던 걸까.

배신당했다……고 생각했을까?

그런 생각을 하면서 상점가를 걷고 있으니 불현듯 '그 공원'으로 이어지는 비탈 한가운데에 있는 실루엣이 눈에 들어왔다.

장대비가 쏟아지는 날에 비탈 가운데서 우산도 쓰지 않고 우두커니 서 있는 인물이 너무나도 부자연스러워서…… 무심코 집중하여 쳐다봤다.

그리고 금세 내가 아는 인물임을 깨닫고서 심장이 철렁했다.

"미, 미즈노……."

나는 비탈 가운데에 서 있는 인물을 작게 불렀다. 그러나 그녀는 멍하니 서 있기만 할 뿐 내가 부른 것을 알아차리지 못한 듯했다.

"미……."

다시금 부르려다가 나는 침을 삼켰다.

그리고 이번에는 더욱 큰소리로 외쳤다.

"아이!"

그녀의 어깨를 흠칫 떨렸다. 그리고 내가 있는 쪽을 돌아
봤다.

그 눈이 휘둥그레지더니 믿기지 않는 광경을 본 것 같은
표정을 지었다.

"유즈루……? 어떻게."

어떻게라니…… 이 길은 내가 학교를 다니는 통학로잖아.

그런 당연한 말이 입에서 나올 뻔했지만 억누르고서 나는
아이에게로 달려갔다.

먼발치에서 봐도 그녀는 흠뻑 젖어 있었다. 그런 시답잖
은 문답을 하고 있을 때가 아니다.

"뭐 하고 있는 거야! 몸이 다 젖었잖아!"

나는 그녀에게 우산을 씌워줬다. 그러나 아이는 고개를
힘없이 절레절레 저었다.

"비에 젖고 싶은 기분이니까, 됐어."

"그냥 젖고 끝나는 일이 아니잖아. 그러다 감기 걸려."

"유즈루가 젖겠어."

"아아, 진짜!"

아이가 우산을 완고하게 거부하자 조바심이 났다. 나는
그녀 쪽으로 몸을 확 붙이고서 함께 우산을 썼다.

아이가 나를 곁눈으로 보고서 가냘프게 웃었다.

"후후…… 상냥하네, 유즈루는."

"이런 데서 뭘 하고 있는 거야, 안도는?"

"벌써 진즉에 헤어졌어."

"그럼, 왜, 이런 데에……."

말하던 도중에 나와 아이가 눈을 마주쳤다. 그녀의 젖은 눈가가 새빨갛다. 눈물샘이 퉁퉁 부어 있었다.

"……무슨 일 있었어?"

아이는 이 빗속에서 우산도 쓰지 않고 울고 있었던 것이다.

내가 무심코 묻자 아이가 눈을 내리깔고서 땅바닥을 쳐다봤다.

"안도 군이, 화를 냈어."

"화, 화를 냈다고……? 어째서."

내가 묻자 아이가 시선을 떨군 채로 나직이 말했다.

"내가…… 유즈루 얘기만…… 한다면서."

그 말을 듣고 나는 숨을 삼켰다.

어째서.

라는 말이 목구멍에 걸렸지만 참았다.

왜 잘생긴 남학생과 데이트를 하면서 내 이야기를 했느냐고 묻고 싶었지만, 힘없이 시선을 떨군 그녀에게 지금 그 물음을 던져야 할 의미가 있는지 모르겠다.

"난 말이야."

아이의 입에서 그 말이 불쑥 새어 나왔다. 그녀의 작은 목소리가 격렬한 비와 함께 땅바닥으로 추락하는 듯했다.

"이 동네가 참 좋구나 생각했어."

아이가 그렇게 말하고서 우체국 쪽을 쳐다봤다. 여기서도 다 들릴 만큼 그 차양이 빗방울을 투두둑 튕겨내고 있었다.

"그래서 아빠의 전근으로 이 동네 근처로 돌아올 수 있다는 소식을 듣고서 기뻤어……. 여긴 내 추억의 동네고, 반짝반짝거리는 곳이니까."

아이의 눈이 덜덜 떨리고 있다. 눈물이 어렴풋하게 맺힌 눈동자가 가로등 불빛을 반사하여 반짝거렸다. 그러나 늘 보던 그 반짝임은 아니었다.

"오늘, 안도 군이 어디든 원하는 데에 함께 해주겠다고 해서 난 이 상점가를…… 개랑 함께 걸었어. 여긴, 내가 좋아하는 곳이니까."

아이와 안도가 이 상점가를 나란히 걷는다.

그 모습을 상상하고서…… 나는 강렬한 위화감이 들었다.

영상으로서는 상상할 수 있다. 그러나…… 머릿속에 떠오르는 그 영상은 왠지 흐릿해서 마음에 와닿지 않는다.

아이가 음습하게 웃고서 말했다.

"안도 군은 싹싹하고 아주 좋은 사람이었어. 대화도 재밌었어. 근데…… 깜짝 놀랄 정도로, 달랐어."

"달랐다고?"

아이가 고개를 끄덕였다.

"응…… 그와 함께 걷는 이 동네가 추억과는 전혀 달라서 하나도 신선하지 않았어. 모르는 동네로 흘러들어 헤매고 있는 것 같은 기분이었어."

아이가 어깨를 덜덜 떨고 있다. 그리고 그녀의 목소리도.

"나, 난 말이야……."

아이의 눈이 다시 그렁거리기 시작했다. 그녀의 눈동자가 빛을 희멀겋게 반사했다.

"줄곧…… 혼자여도 괜찮다고 믿었어. 혼자라면 아무한 테도 방해받지 않고 원하는 대로 행동할 수 있고, 내가 얻은 것들은 전부 나만의 것이고, 소중한 보물이 되어 갈 거라고…………. 근데…… 근데…… 읏!"

아이가 고개를 홱 들어올렸다.

눈물로 가득한 눈동자로 나를 쳐다봤다.

"이 동네의 추억에는 온통 유즈루로 가득한걸……!"

아이가 쥐어 짜내듯 말하자 나는 가슴이 옥죄는 기분이었다. 나도, 마찬가지다.

아이가 전학을 간 후에 이 길을 걸을 때면 문득 아이와의 추억이 되살아났다.

지금 서 있는 이 비탈을 곁눈으로 볼 때마다 그 너머에 있는 공원을, 그곳에서 아이와 함께했던 나날을 회상했다.

그런 식으로 줄곧 괴로워했다.

"유즈루가 아닌 사람과 걷는 이 동네는, 내게 전혀 '반짝 반짝'하지 않았어. 정신을 차려 보니 너와의 추억만 입에서 줄줄 나왔어. 그래서 난……! 이 동네가 아니라 그저 유즈루를 좋아했을 뿐이라는 걸…… 깨달았어."

아이가 끝내 눈물을 흘리면서 말했다.

"유즈루는, 날 뿌리치지 않았어. 타인과 교류하는 게 성가셔서 혼자서 마음 가는 대로 살았던 날 인정해 줬어. 나와 나란히 걸으며 내가 하는 말에 그저 '그러네' 하고 대꾸하며 웃어줬어. 나, 나, 난…… 정신을 차려 보니…… 혼자선, 예전처럼 즐겁지가…… 으!"

아이가 흐르는 눈물을 닦지 않고 새빨개진 눈으로 나를 쳐다보면서 말을 이어나갔다.

마음이 아팠다. 내 시야도 조금씩 뿌예졌다.

"유즈루랑 헤어지고…… 괴로웠어……!"

아이가 외쳤다.

그 외침도 빗소리에 섞여 내 귀에만 들렸다.

아이가 내 옷소매를 꾹 쥐었다.

"있잖아, 유즈루……."

젖어서 반짝이는 그녀의 눈동자가 비통한 빛을 띠며 나를 쳐다봤다.

"유즈루는…… 내가, 정말로, 싫어진 거야……?"

나는 입을 벌린 채로 아무 말도 할 수 없었다.

가슴속에 뜨거운 마음과 하고 싶은 말들이 맴돌고 있건만, 입에서는 가냘픈 숨만 새어 나올 뿐 말이 나오질 않았다.

"나, 유즈루한테 잔뜩 상처를 줬던 거지? 헤어질 때 나, 엄청 반성했어……. 그래서 이번에는 마음을 똑바로 전하

려고…… 마음먹었는데…….”

아이의 눈에서 눈물이 잇달아 흘러내렸다.

미스테리어스하고, 무슨 생각을 하는지 알 수 없고, 언제나 즐거워하고, 그리고 내 눈에 늘 당차게 보였던.

그런 아이가 내 눈앞에서 울고 있다.

“근데 공원에서, 또 들었어. ‘싫어졌다’라고……. 내, 내가 정말로 싫어진 거구나 생각했더니 나……!”

아이가 믿기지 않을 정도로 눈물을 펑펑 쏟아내며 말했다.

“가슴이 부서질 정도로, 슬퍼서……!”

“아이…… 아, 아냐…….”

“있잖아, 유즈루……. 미안, 미안해……. 나, 고칠 테니까……, 유즈루가 좋아할 수 있도록 노력할게에!”

아이가 흐느끼면서 내 셔츠 소매를 쥐고 있던 손에 힘을 꽉 줬다.

그리고 토해내듯 말했다.

“싫어한다고 말하지 말아줘어……!”

어린애가 떼를 쓰는 듯한 말이었다.

설득하는 게 아니라 그저 절절한 바람을 상대에게 부딪치기만 하는 우직한 말.

그러나 그렇기에 그 말이 그녀의 전부임을 확실히 알 수 있었다.

그녀가 토해낸 말을 정면으로 받아들이고서 나는 눈앞이 흔들리는 듯한 감각에 휩싸였다.

정신을 차리고 보니 나는 아이의 두 어깨를 잡고서 외치고 있었다.

"싫어하지 않아!"

우산이 땅바닥에 착 떨어졌다.

"시, 싫어하지 않아……. 아이, 미안해……. 싫어할 수가, 없어……."

싫어할 수 있었으면 좋았을 텐데. 그래, 몇 번이고 생각했다.

헤어진 뒤에도 아이가 자꾸만 떠오르는 시점에.

그녀와 사귀었던 것, 그리고 헤어졌던 것을 줄곧 후회해 온 시점에 이미 깨달은 사실이었다.

나도, 그녀를 싫어하려야 할 수가 없다.

태양처럼 따뜻하게 웃는 아이를 좋아했다.

소소한 일상 속에서 사소한 즐거움을 찾아내는 아이를 좋아했다.

미스테리어스하면서도 천진난만한, 양면성이 있는 그 옆모습을 좋아했다.

그녀를 그 누구보다도 가까이서 보고 있다는 자신이 있었다.

그래, 아이를, 너무 좋아했다.

그렇기에.

"그래도……."

나는 가슴속에서 더 담아둘 수 없을 만큼 부풀어 버린 그 말을 드디어 내뱉었다.

"괴로웠어……."

줄곧, 말하고 싶었다. 누군가에게 털어놓고 싶었다. 그러나 그럴 수 없었다.

오다지마가 내 이야기를 들어줬을 때조차 나는 논리로 무장하여 진짜 심정을 모호하게 감췄다. 오다지마는 그걸 꿰뚫어 보고서 나를 부드럽게 일깨워 줬다. 그럼에도 내 심정을 가감 없이 그대로 토로할 기회는 없었다.

진짜 마음은 심플하고 정당성 따윈 전혀 없다. 그렇기에 마음 깊은 곳에 뿌리를 박고서 심장을 끊임없이 옥죄어왔다.

나는 괴로웠다.

"너랑 사귀고서……, 난, 굉장히…… 괴로웠어……!"

입에서 그런 말이 흘러나왔다.

아이를 좋아했다.

내가 아는 그 누구보다도 자유롭고 아름답고 나비 같은 그녀를 좋아했다.

그런 그녀의 '특별한 존재'가 되고 싶다는 마음이 부풀 때마다 나는 괴로웠다.

내 이기심이라는 걸 알고 있으면서도 괴로웠다.

나를 소중히 대해주길 바랐다. 조금이라도 좋으니 굳이 말하지 않더라도 내 기분을 알아차려 주길 바랐다.

"미안해, 유즈루……, 미안해……."

내 말을 들은 아이가, 흐느끼면서 부모에게 용서를 구하는 아이처럼 사과했다. 나는 필사적으로 고개를 가로저었다.

"아냐, 아이, 아니라고……."

아이의 말을 듣고서 이제 깨달았다.

내가 바랐던 '특별함'은 이미 그녀의 마음속에 다른 형태로 존재하고 있었다.

아이는 나보다 훨씬 어른이었기에 그저 '나와 함께 하는 시간'을 소중히 여겨줬던 것이다.

그리고 나는 그녀의 마음을 눈치채지 못하고, 그저 눈앞에 있는 '약속'만 쳐다보고 있었다.

"난…… 네게, 말하지 않았어. 괴롭다고…… 말하지 않았단 말이야……! 그러니까……."

나는 아이의 말을 듣지 않고 달아났다. 그렇게 생각했었다.

그러나 그뿐만이 아니었다. 내 마음도 제대로 전하지 않은 채 그녀 곁을 떠났던 것이다.

아이 앞에서 내 자신을 드러내고서 '괴롭다'고 확실히 말하지도 않고, 죄다 그녀 탓으로 돌리고서 도망쳤다.

나는 정말이지 얼간이다.

그러니 확실히 말해야만 한다.

이번에야말로 도망쳐서는 안 된다.

"아이는 잘못 없어."

나는 그렇게 말했다.

나는 아이와 함께 있으면 괴로웠다. 그 괴로움이 그녀가 주는 '즐거움'과 '기쁨'을 뒤덮어 버려 나는 어찌할 바를 몰랐다. 그리고 결국에는 달아나고 말았다.

그리고 아이는 중요한 감정을 전혀 전하지 않고 떠나버린 나를 보고 괴로워했다.

말로 표현하자면 정말로 너무나도 시시하다.

그야말로 중학생다운 유치한 연애다.

그러나…… 우리에게는 그것이 전부였다.

그저 그뿐이다.

"싫……."

아이가 흔들리는 눈동자로 나를 쳐다보면서 물었다.

"싫어하지 않아……?"

"응…… 싫어하지 않아."

"우리…… 또, 친하게 지낼 수 있어……?"

"……응. 다시 시작하자…… 맨 처음부터."

내가 고개를 끄덕이자 아이가 눈을 번쩍 떴다.

"…………다──"

아이가 우는 건지 웃는 건지 모를 얼굴로.

"다행이다~…….."

긴장이 풀렸는지 엉엉 울면서 무너져 내렸다.

"아, 아이……!"

제자리에 주저앉은 아이를 보고서 나는 비로소 퍼뜩 정신을 차렸다.

우산을 떨어뜨린 바람에 나 역시 온몸이 흠뻑 젖어버렸다.

황급히 비탈 아래로 굴러 내려간 우산을 주우러 내려갔다가 다시 돌아왔다.

그리고 아이가 울음을 그칠 때까지 그녀에게 우산을 씌워줬다.

비는 여전히 주룩주룩 내렸다. 비탈을 타고 내려가는 물이 마치 개천 같았다.

그래도 이 빗방울들이 무겁게 침전됐던 우리의 관계를 씻겨내려 원점으로 되돌려 주는 듯해서…….

나는 난생처음으로 내리는 비를 보면서 '기쁨'이라는 감정을 깨달았다.

×　×　×

"다녀왔니~. 밖에, 비가 엄청 퍼붓네…… 아, 으아?! 너희들 무슨 일이니?! 왜 그렇게 젖었어?!"

집으로 돌아오자 엄마가 경악하고서 세면대 쪽으로 후다닥 달려갔다.

아이를 그대로 돌려보낼 수는 없어서 일단 우리 집으로 데리고 왔다.

"우선 욕조부터 들어가렴! 유즈루는 이따가. 여기, 수건!

꼼꼼히 닦도록 해. 자자, 아이 짱은 이쪽으로. 때~마침 뜨거운 물을 받아났으니까 어서 들어가렴!"

"죄, 죄송해요…… 느닷없이……."

"괜찮아, 괜찮아. 자, 어서, 감기 걸릴라!"

엄마가 아이를 탈의실 쪽으로 착착 데려갔다.

나는 수건으로 머리칼을 닦으면서 그 모습을 바라봤다.

엄마는 성격이 소탈하고 매사 대충이긴 하지만, 이런 때 아무것도 묻지 않고 일을 진행해 줘서 고맙다.

"자, 푹 담갔다가 나오렴!"

아이를 탈의실에 밀어 넣고서 엄마가 복도로 나왔다.

그리고 한숨을 한 번 내쉬고서 나를 쳐다봤다.

"유즈루……."

"미안, 갑자기 데려와서."

"그건 됐고……."

엄마가 무슨 말을 할지 고민하듯 몇 초쯤 침묵하고서 결국에는 대놓고 물었다.

"너희들, 다시 사귀기로 한 거니?"

"……사귀기로 한 건 아냐."

"아, 그래."

엄마가 담백하게 대답하고서 더는 아무것도 묻지 않았다.

"너, 몸 제대로 닦고서 집에 들어와야 한다? 바닥이 젖으면 곤란하니까."

"응."

나는 고개를 끄덕이고서 수건으로 젖은 교복을 두드렸다.

거실로 돌아가려는 엄마의 등에 대고 나는 말했다.

"그래도."

"응?"

엄마가 뒤를 돌아보더니 고개를 갸웃거렸다.

나는 얼굴을 조금 붉히면서 말했다.

"……화해는 했어."

그 말을 듣고서 엄마가 놀랐는지 눈을 동그랗게 떴다.

이내.

"……아, 그래."

이번에는 살짝 미소를 머금고서 고개를 끄덕였다.

"비, 안 그치네……."

내 침대 위에서 아이가 창밖을 바라보며 말했다.

"그러게."

나도 조금 어색해하며 말했다.

함께 젖은 생쥐 신세가 된 우리는 차례대로 욕조에 몸을 담그고서 비가 그칠 때까지 내 방에서 시간을 때우고 있었다.

"밤이 돼도 그치질 않으면 엄마가 차로 바래다주신대."

"어, 미안해……."

"괜찮아. 엄마는 세세한 걸 신경 쓰지 않으니까."

"……그렇구나. 유즈루의 엄마니까."

아이가 고개를 응응 끄덕이고서 웃었다.

"무슨 의미야."

"말이 그렇다고!"

아이가 간지러운 듯 웃고서 창밖을 또 쳐다봤다.

1층에서 드라이어 소리가 들려왔다.

아마도 엄마가 아이의 와이셔츠와 치마를 다급하게 말려주고 있는 소리겠지.

나중에 감사 인사를 해야겠구나.

그런 생각을 하고서 나는 아이가 눈치채지 못하도록 그녀를 훔쳐봤다.

아이는 임시로 내 여벌 일상복을 입고 있다.

나 역시 체격이 그리 좋은 편은 아니지만, 그래도 내 키나 어깨가 아이보다 크다.

당연히 내 일상복은 아이에게는 품이 넉넉했다. 소매와 옷자락이 남아돌았다.

그러나 헐렁헐렁한 옷을 입고 있더라도 아이의 몸매가 천을 따라 은근히 드러나…… 나는 몸이 약간 뜨거워지는 감각을 느끼며 그녀에게서 눈을 돌렸다.

나도 예나 지금이나 건강한 남자라서 아이의 몸에 관해 여러모로 생각한 적이 있다.

교제했을 적에도 아이는 자주 무방비하게 비에 젖곤 했다. 사복으로 핫팬츠와 탱크톱을 입은 적이 많아서 좋든 싫든 그녀의 몸매를 의식했다.

그리고 몇 년이 지나고 다시 만난 아이는 내가 알고 있던 시절보다 상당히 성장한 듯 보였다.

얼굴은 조금 어른스러워졌고, 가슴이나 허리도 또렷하게 발육해서…….

그러고 보니 장대비를 오래 맞았으니 내의나 속옷도 당연히 젖었을 테고……. 물론 이 집에 그녀가 갈아입을 만한 속옷은 없을 텐데 지금 어쩌고 있는 거지……?

그런 생각을 하면서 다시금 아이를 쳐다봤다. 필요 이상으로 가슴이 콩닥거려서 나는 고개를 붕붕 흔들었다.

"음? 왜 그래?"

"아무것도 아냐……."

아까 전까지 퍽 진지한 얼굴로 아이에게 심정을 토로했건만, 이렇듯 한 방에서 단둘이 되자마자 야릇한 기분이 솟는 내 자신이 어이가 없었다.

이렇듯 '남자'로서의 번민에 휘둘린 바람에 정작 중요한 걸 놓치고 만 것이다.

"……."

정신을 차려보니 아이가 나를 물끄러미 보고 있었다.

아이가 나를 멀뚱멀뚱 쳐다보자 아차 싶었다.

혹시 내가 야릇한 시선으로 쳐다본 걸 알아차린 게 아닐까.

"있잖아, 유즈루……."

아이가 나를 불렀다. 그 목소리가 내 작은 방에 잠잠히 울려서 묘하게 긴장됐다.

"어, 왜?"

내가 대답하자 아이가 얼굴을 조금 붉히고서 몸을 배배 꼬기 시작했다.

뭐지?

"키, 키스…… 같은 거, 할래?"

"뭐?!"

아이가 뜬금없이 말하자 나는 무심코 큰소리를 내고 말았다. 바로 입을 막았다.

1층에서 들리던 드라이어 소리가 멎었다. 그로부터 몇 초 뒤 재개됐다. 내 목소리가 아래층까지 들린 듯하다.

내 반응을 보고 아이가 미간을 찡그리며 고개를 갸웃거렸다.

"……싫어?"

"아니, 아니…… 싫다거나 그런 뜻이 아니라…… 으음, 왜, 왜?"

나는 엄청 당황했다. 얼굴이 화끈거린다.

중학생 시절에 그녀가 그런 요구를 했다면 나는 받아들이고서 행복의 극치에 몸을 떨었을 테지만, 지금은 머리가 새하얗다.

천하의 아이가 그런 말을 할 줄은 상상조차 못했다.

아이가 입술을 삐죽 내밀고서 조금 토라진 듯 말했다.

"왜냐면…… 우리, 그런 거, 한 적이 없으니까……."

아이의 그 말을 듣고서 나는 일단 마음을 가라앉히고 싶어져서 숨을 천천히 내뱉었다. 입에서 나오는 숨이 놀라울 만큼 뜨겁게 느껴졌다.

심호흡은 정말로 신기하다.

숨을 천천히 들이마셨다가 내뱉는다. 그 행위만으로 몸과 머리가 다시 차분해지는 듯했다.

"뭐, 그렇긴 한데……. 영락없이…… 흥미가 없는 줄 알았어."

내가 솔직하게 말하자 아이가 조금 민망한지 시선을 헤매다가 고개를 끄덕였다.

"……뭐, 응, 솔직히, 그 시절에는 그런 걸 몰랐을지도."

그렇겠지.

"근데 전학 간 학교에서도 남친이 있었다고 하니 다들 묻더라."

"뭐라고?"

"쪽 했어? 라거나, 저기…… 그…… 세——."

"알겠어, 이제 됐어."

터무니없는 단어가 튀어나오는 것을 가까스로 막았다.

지금 아이의 입에서 그런 단어가 나오면 나 역시 평정심을 유지할 자신이 없다.

아이가 얼굴을 붉히면서 말을 이어나갔다.

"그, 근데 말이야. 유즈루는. 전에도…… 그런 걸 하고 싶었던 거지?"

"어?"

나도 얼굴을 붉히고서 목소리를 뒤집고 말았다.

"남자애는 여자애랑 사귀면 그런 걸 하고 싶어진다고 들었어."

누가 그런 지식을 아이에게 불어넣은 거냐. ⋯⋯맞는 소리이긴 하지만.

"그래서 나도, 그런 걸 제대로 하지 않으면, 혹시 유즈루한테 또⋯⋯."

아이의 시선이 갈피를 잡지 못하고 방 안을 이리저리 헤맸다.

역시나 나도 알아차렸다.

아이는 명백히 무리하고 있다.

"아이."

내가 부르자 아이가 등줄기를 쭉 곧추세우고서 나를 봤다.

"아, 예⋯⋯! 하, 하는 건가요⋯⋯?"

"아냐."

나는 이상한 목소리가 나올 것 같았지만 억누르고서 고개를 가로저었다.

그러고는 단호히 말했다.

"우린, 아직 사귀고 있지 않아."

내가 말하자 아이가 눈을 동그랗게 뜨고서 헉, 하고 숨을 내뱉었다.

"아! 그, 그렇구나⋯⋯, 그러네⋯⋯."

화해했다는 사실에 너무 안심한 나머지 아이의 머릿속에서 이야기가 앞으로 진행된 모양이다.

나는 내심 안도했다.

내가 확실하게 말하자 아이도 냉정을 되찾은 모양이다.

"그럼, 유즈루. 나랑 사귈래?"

"자, 자, 잠깐!"

전혀 냉정해지지 않았다.

나는 손바닥을 아이 쪽으로 내밀었다. 머리가 따라가질 못하고 있다.

분명 나와 아이는 지금도 서로 좋아하고 있다. 그 사실을 둘 다 확실히 알고 있다.

그러나.

나는 숨을 서서히 들이마시고서 생각을 정리하고자 눈을 감았다.

그리고 눈을 다시 떴을 때는 해야 할 말을 정했다.

"있잖아…… 아이."

"뭔데?"

"난, 지금은…… 아이랑 사귈 생각이 없어."

내가 분명히 말하자 아이의 눈과 입이 크게 벌어졌다.

뒤에서 효과음이 '두둥' 하고 울린 것 같은 착각이 들 만큼 아이가 경악했다.

그리고 그 눈동자가 눈물로 그렁거리기 시작하자 나는 황급히 해명했다.

"싫어진 게 아냐! 결단코!"

"그, 그럼, 왜……."

아이가 쭈뼛거렸다.

나와 아이는 서로 말로 표현하지 않는 커뮤니케이션을 지속해왔기에 서로의 생각을 넘겨짚다가 실패하고 말았다.

아이는 내가 모든 것을 완전히 허용했다고 여겼다. 자유롭게 살아가는 자신을 전부 긍정해주는 나를 좋아했다.

그리고 나는 그런 그녀에게 반했기에 그녀의 그런 부분을 계속 긍정해야만 한다는 강박관념에 사로잡혔다.

우리는 서로 관계를 오해한 채 교제를 해오다가 깨지고 말았다.

그런 이별을 또 되풀이하고 싶지 않다.

"지금 사귄다면…… 우린, 분명, 똑같은 결말을 또 맞이할 거야."

내 이야기에 아이가 헉, 하고 숨을 삼키고서 얌전해졌다.

이번에야말로 잘 될 거라고 말해주고 싶은 마음은 있다.

그러나 지금껏 못했던 일을 이제 와 갑자기 할 수 있다면 고생할 리가 없겠지.

우리에게는 시간이 필요하다. 그리고 그 시간은 아직 남아 있으니까.

"조금 더…… 친구로서 같은 시간을 보내면서…… 서로 뭘 좋아하고 싫어하는지…… 제대로 알아나가자."

아이가 내 이야기를 진지하게 듣고 있다.

"더 천천히, 다시금 친해진 뒤에…… 그리고…… 서로."

나는 긴장하여 떨리는 목소리를 쥐어 짜냈다.

"서로가…… 서로한테 더 필요해지거든 그때……."

얼굴이 화끈거린다.

중요한 마음을 전하는 것이 이토록 애절하고 용기가 필요하다는 걸 오랜만에 느꼈다.

"그때, 다시 사귀자."

내가 말을 마치자 아이가 멍한 표정으로 쳐다봤다.

그러고는 그 표정이 조금씩 환해져 갔다.

아이의 얼굴에서 눈부신 웃음이 번지더니 그녀가 침대에서 뛰쳐나왔다.

"응!"

"으아!"

아이가 덮치듯 나에게 달라붙었다.

그녀가 힘주어 끌어안자 나는 눈을 희번덕거렸다.

"저, 정말로 내 말 알아들은 거야?"

내가 묻자 아이가 내 귓가에 대고 말했다.

"알아들었어! 유즈루가, 나와의 관계를 중요하게 여겨주고 있다는 걸…… 확실히 느꼈어."

아이의 뜨거운 숨결이 귀에 닿자 나는 온몸이 굳어버렸다.

아이가 내 가슴팍에 들이밀고 있는 가슴의 감촉은 몹시 부드러웠다. 역시나 속옷을 안 입었구나…….

"유즈루…… 많이 좋아해."

아이가 귓가에 대고 속삭이자 내 심장이 뛰었다.

"내게는 유즈루가 필요해……. 네가 없으면, 이젠 안 되는걸……."

나는 아무 말 없이 얼굴만 붉힌 채 고개를 끄덕였다.

그녀가 이토록 솔직하게 호감을 전하자 내 자제심이 시험을 받는 듯했다.

시간을 더 들여서 친구에서부터 다시 시작하자고 말한 지 얼마나 지났다고, 내 속에 있는 '남자 고등학생'이 큰소리로 자기주장을 해대기 시작했다. 당장에라도 아이를 부둥켜안고서 키스하고 싶은 심정이었다.

일단 아이를 뿌리치고 진정시켜야…….

그렇게 생각했을 때 아이가 몸을 확 뗐다. 그리고 내 얼굴을 쳐다봤다.

"그러니까 유즈루도, 날 그렇게 생각해 줘야 해!"

아이가 꽃이 핀 것처럼 활짝 웃으며 말했다.

"많이 좋아하니까, 날 좋아해 주기야?"

"……응!"

아이의 꾸밈없는 말이 내 가슴에 그대로 꽂혔다.

나는 아이의 자유로운 모습을 여러 번 봐왔고, 그때마다 적잖게 '미스터리'를 느끼긴 했지만.

재회하고서 깨달은 사실은…… 그녀는 그저 순진무구한 사람일 뿐인지도 모른다.

나와 달리 자신의 감정에 솔직하다. 그 감정들을 모두 애

지중지하고 있다.

결국…… 나는 그녀의 그런 면모를 좋아하는구나 싶었다.

"응."

나는 그녀의 눈을 보고서 고개를 천천히 끄덕였다.

미즈노 아이를 동경했었다.

나비처럼 자유롭고 태양처럼 눈부시다.

나는 그런 아이를 언젠가부터 한 명의 여자애가 아니라 숭배의 대상으로 여기게 됐을지도 모른다.

그런데도 아이라는 '신'을 내 것으로 삼을 수 없어서 괴로워했다.

자유롭게 날아다니는 그녀를 보고 싶다. 그러나 나를 봐 줬으면 좋겠다. 실은 그 뜨거운 눈으로 나만 쳐다봐 줬으면 좋겠다.

그 욕망의 불꽃에 마음이 타버리고 말았다.

그야말로 뒤죽박죽이었다.

그러니 이번에는 실수하지 않겠다.

아이라는 여자애 옆에 서서 그녀의 말을 듣고, 내 마음을 전하고…….

함께 바라보는 풍경에 똑같은 추억을 새기고.

함께 있다는 것 자체를 귀하게 여기는 그런 관계를 쌓아 가고 싶다.

그런 생각이 들었다.

나는, 맹세하듯, 중얼거렸다.

"이번에는, 제대로 좋아할게."

내가 말하자 아이의 눈동자가 크게 흔들렸다.

이내 그녀의 눈이 그렁거리더니 눈물 한 줄기가 그녀의 뺨을 타고 흘러내렸다.

"응…… 약속."

아이가 고개를 천천히 끄덕이고서 검지로 눈물을 훔치고는 미소 지었다.

"아."

나는 아이의 뒤에 있는 창문에서 새어드는 붉은 빛을 보고 감탄했다.

아이도 뒤를 돌아봤다. 그러고는 '아!' 하고 감탄하고서 창문 쪽으로 달려갔다.

검은색에 가까운 두꺼운 잿빛 구름 틈새로 때마침 석양빛이 새어나오고 있었다.

창문을 드르륵 열고서 아이가 말했다.

"비, 그쳤구나!"

아이가 천진하게 웃고서 이쪽을 돌아봤다.

나도 그쪽으로 다가가 아이의 옆에서 창밖을 봤다.

정말로 작은 틈새였다.

비구름이 하늘을 가득 뒤덮고 있건만, 석양빛만 드나들수 있도록 구름이 갈라져 있다.

새빨간 석양빛이 도로 위에 번져 있는 빗물에 반사되어 반짝반짝 빛났다.

대단히 아름답다.

"……첫 번째네."

옆에서 아이가 중얼거렸다.

"응?"

"화해하고서 둘이서 본 경치, 첫 번째."

아이가 말하고서 옆에서 키득 웃었다.

나도 덩달아 웃고서 반짝거리는 창밖 풍경을 실눈을 뜨고서 쳐다봤다.

이런 장면이 여러 번 거듭되면서 나와 아이는 또다시 가까워지는 걸까.

그랬으면 좋겠다.

"유즈루, 꼼짝 말고 있어봐."

"어?"

느닷없는 소리에 내가 아이 쪽으로 시선을 돌리려고 한 순간.

뺨에 뜨겁고 부드러운 감촉이 느껴졌다.

아이의 얼굴이 내 바로 옆에 있다. 바짝 달라붙었음을 느낄 수 있었다.

아이가 나에게서 서서히 멀어졌다.

내가 놀라서 쳐다보자 아이의 얼굴이 새빨개졌다.

"이, 이건…… '친구'로서 한 거니까."

"치, 친구……."

"응. 친구의…… 쪽."

너무나도 갑작스럽고, 더욱이 당돌하지 않나.

그런 생각이 들었지만, 분위기를 깰까 봐 입에 담을 수가 없었다.

"……하."

아이가 석양에 새빨개진 얼굴을 더욱 붉게 물들이면서 숨을 내뱉었다.

"이거…… 심장이 터질 것 같네."

"……그럼, 하지 말지 그랬어."

내가 말하자 아이가 긴장이 풀린 것처럼 꺄르륵 웃었다.

그러고는 얼굴을 또 붉혔다.

"친구로서가 아니라 연인으로서 할 때는…… 심장이 너무 두근거려서 죽을지도."

그녀의 그 말이 무슨 의미인지 몇 초쯤 생각했다.

이내 나도 새빨개진 얼굴로 얼버무리듯 웃었다.

"죽지 마. 나도 함께…… 두근거릴 테니까."

내가 말하자 아이가 순간 어리둥절해하며 눈을 동그랗게 뜨고서.

진심으로 기뻐하듯 웃었다.

"응……!"

창밖 석양빛이 잦아들기 시작한다.

구름 틈새가 다시 닫히려고 한다.

비가 또 내린다.

그러나 아마도 이제 괜찮다.

분명 아이는 '첫 번째 비네' 하고 말할 게 틀림없으니까.

갑자기 내 방문이 벌컥 열렸다.

"너희들, 비가 잠깐 그쳤으니 서둘러 나오렴! 우리 집 비닐우산을 빌려줄………. 아, 미안, 중요한 순간이었니?"

"……괜찮아."

나는 쓴웃음을 지으며 침대에서 내려왔다.

"중요한 순간은, 벌써 끝났으니까."

내가 말하자 엄마가 풋, 하고 웃음을 뿜어내고서.

"아, 그래?"

그렇게 답했다.

EP.09

YOU ARE

A story of love and
dialogue between
a boy and a girl with
regrets.

MY REGRET...

이튿날 등교하니 내 자리에서 시무룩한 표정을 감추지 않고 기다리고 있는 인물이 있었다.

"······안도."

"······좋은 아침."

"응, 좋은 아침."

내 자리에 안도 소스케가 앉아 있었다.

뒷자리에 앉아 있는 오다지마는 언짢은 기색을 풀풀 풍기는 안도를 전혀 괘념치 않고, 스마트폰을 만지작거리고 있었다.

안도가 서서히 일어나 턱짓으로 내 자리를 가리켰다.

앉으라는 뜻인가 보다.

나는 숨을 작게 내뱉고서 고개를 끄덕였다.

무슨 용건인지는 안다. 아이에게서 들었던 대로 어제 데이트는 치침했겠시.

내가 자리에 앉자 안도가 진지한 표정으로 말했다.

"사귀지 않는다고 했지?"

누구냐고 묻지 않는다. 잘 알고 있다.

나는 어제 벌어졌던 일들을 떠올리면서 고개를 가로저었다. 나와 아이는 친구에서부터 다시 시작하기로 했다.

"응, 사귀고 있지 않아."

"진짜지?"

"진짜야. 이런 거짓말을 해봤자 의미 없잖아."

내가 확실히 대답하자 안도가 몇 초쯤 진지한 표정으로

내 두 눈을 물끄러미 들여다보고서.

"그렇구나……."

갑자기 언짢은 표정을 무너뜨리더니 내 책상 위로 몸을 엎어뜨렸다.

"으아, 뭐야, 왜 그래."

덜컹 흔들리는 책상을 부여잡고서 내가 큰 소리를 내자 안도가 책상 위에 몸을 맡긴 것으로도 모자라 그대로 바동바동 몸부림쳤다.

"네 그 말만 듣고서 말이야~, 나 엄~청 신이 났었단 말이야~."

안도가 흐느적거리는 목소리로 투덜거리며 몸부림치자 나는 눈이 휘둥그레졌다.

뒤에서 '홋' 하는 콧소리가 들렸다. 뭐야, 웃고 있구나.

안도가 고개를 벌떡 들고서 원망스러운 눈초리로 나를 쳐다봤다.

"미즈노 씨…… 널 너무 좋아하잖아……!"

"……내 얘기만 해서 안도를 화나게 했다던데."

"하아~~ 다 들었냐. 서로 감추는 게 없는 사이다 이 말이지. 창피하네."

안도가 얼굴을 붉히고서 비로소 내 책상 위에서 몸을 일으켰다.

"맞아. 진짜로, 어딜 가든 반짝이는 눈으로 '여기서 유즈루랑 게임 했었어!', '새가 여기 앉았는데 말이야, 유즈루가~'

하고 온통 네 얘기만!"

안도가 입을 삐죽 내밀며 말을 쏟아내고서 나를 곁눈으로 봤다.

그러고는 한숨을 내쉬었다.

"근데 말이야, 그런 일로 울컥하다니 꼴불견이지……, 말도 안 되는 일이야……, 너무 치졸해……, 죽고 싶어~."

"아냐, 아이도 잘못했어. 안도한테 무례하게 굴었어."

"아! 그 말도 왠지 여유가 느껴져서 짜증나! '우리 미즈노가 미안했다' 이 말이잖아!"

"그럴 생각은……."

"……하아~. 미안, 미안. 나무랄 생각으로 온 건 아냐."

안도가 큰소리로, 폐 속 내용물 전부 다 토해낸 게 아닌가 싶을 정도로 한숨을 내쉬고서 내 책상 옆에 쭈그리고 앉았다.

"저기 말이야, 왜 안 사귀고 있는 거냐?"

안도가 묻자 나는 눈을 이리저리 굴렸다.

한 마디로 설명하기가 어려웠다.

"뭐…… 일이 좀 있어……."

"뭐야. 실은 오다지마랑 사귀고 있다거나?"

안도가 말하자 뒷자리 의자가 뒤로 드르륵 끌리는 소리가 났다.

"하아~?!"

오다지마가 목소리를 높였다.

"우리 안 사귀어!!"

그 절규가 교실 안에 울려 퍼졌다. 교실 내 모든 시선들이 우리에게로 쏠렸다.

"어, 야…… 그렇게 화낼 일이냐……."

안도가 쓴웃음을 지으며 오다지마를 봤다.

오다지마는 질색하는 표정으로 다시 자리에 쭈뼛쭈뼛 앉았다. 그러고는 작은 목소리로 말했다.

"안 사귀거든……."

"알겠대도."

"뭐, 굳이 싫어하는 건 아니고…… 평범한 친구 사이이긴 하지만……."

"그렇지, 응, 친구네."

안도는 긁어 부스럼을 만들지 않겠다는 듯 말장구를 적당히 쳐주면서 오다지마가 다시 스마트폰을 내려다보길 기다렸다.

오다지마가 조용해지자 안도가 다시 나를 쳐다보며 속닥거렸다.

"넌 안 좋아해? 미즈노 씨 말이야."

그가 묻자 나는 몇 초쯤 뭐라고 대답할지 생각했다.

그러나 이 대목에서 아니라고 부정해 봤자 사실이 아니므로 솔직히 대답하기로 했다.

"아니, 좋아해."

"엥?"

내가 대답하자 안도가 얼빠진 소리를 냈다. 그리고 뒷자리에서는 쾅! 하는 요란한 소리가 들렸다.

놀라서 돌아보니 오다지마가 바닥에 떨어진 스마트폰을 황급히 줍고 있는 중이었다.

"근데 왜 안 사귀는 거냐고!"

안도가 큰 소리를 내자 나는 동급생들의 주목을 또 끌기 싫어서 '쉿!' 하고 검지로 입을 가렸다.

"그러니까 우리 사이에 일이 좀 있대도."

내가 나직이 말하자 안도가 곁눈으로 나를 보면서 '흐음' 하고 뜨뜻미지근한 소리를 흘렸다.

"그럼…… 나, 아직 미즈노 씨를 노려도 되는 거지?"

안도가 묻자 나는 말문이 막혔다.

괜찮다고 말하기가 어렵다. 솔직히 포기해 줬으면 좋겠다.

아이가 나를 좋아한다고 단언했지만.

시간을 천천히 들여서 친구에서부터 관계를 쌓아나가던 중에 안도 쪽으로 마음이 옮겨갈 수도 있다.

그런 생각이 들 만큼 눈앞에 있는 안도 소스케라는 남자는 내가 봐도 상냥하고 쾌활하고 매력적인 인물이다.

그러나 나와 아이가 아직 친구인 이상 타인의 연애를 방해할 권리는 없다고 생각한다.

"……포기하라고 말할 권리는 없지, 내게는."

내가 대답하자 안도가 당차게 웃고서 벌떡 일어섰다.

"아, 그래! 그럼 진심으로 어택할 거야! 내게 빼앗기더라도 불평하지 마라!"

"응."

나는 고개를 끄덕이고서 안도의 눈을 지그시 보고 말했다.

"그렇게 되지 않도록 나도 노력할 거야."

다시 뒤에서 콩! 하는 소리가 났다.

돌아보니 이번에는 오다지마가 스마트폰을 책상 위에 떨어뜨렸다.

"……뭐 하는 거야?"

"하? 뭘? 손이 미끄러졌을 뿐인데. 불만 있냐? 때린다?"

"기분 나빠?"

"나쁘진 않은데 왜? 때려줄까?"

"때리지 마."

"진짜로 사이좋네, 너희들………… 으악!"

나와 오다지마의 모습을 실눈으로 쳐다보던 안도가 느닷없이 큰소리를 내며 내 뒤를 쳐다봤다. 나도 그가 뭘 보는지 궁금하여 돌아보고는 마찬가지로 '으악!' 하고 놀랐다.

교실 복도 쪽 창문에서 아이가 우리를 보고 있었다.

"내가 무슨 괴수야? 너무해."

아이가 키득 웃으면서 창가에 몸을 기대고서 손을 올렸다.

"좋은 아침, 유즈루! 그리고 오다지마 씨랑 안도 군."

아이가 스스럼없이 인사하고서 조금 조심스럽게 안도를 쳐다봤다. 안도는 평소답지 않게 안절부절못하며 눈알을 이리저리 굴렸다.

"저기, 안도 군……."

"아, 어, 왜……."

"어제 말이야……."

"아, 잠깐!"

아이가 무슨 말을 하려고 하자 안도가 손을 내밀어 제지했다.

"우선 나부터."

안도가 단호히 말하고서 자세를 가다듬고는 고개를 숙였다.

"어젠 미안했어!"

"아……."

안도가 고개를 숙이자 아이가 눈을 동그랗게 뜨고서 그를 쳐다봤다.

그가 고개를 서서히 들고는 담담한 표정으로 말했다.

"어제 화내고 돌아가서 미안했어. 꼴불견이었지……."

안도가 말하고서 내 쪽을 힐끔 본 뒤 다시 아이를 쳐다봤다.

"미즈노 씨한테 아사다와의 추억이 소중하다는 걸 잘 알았어. 나, 너무 분해서, 어제 화내긴 했지만……."

안도가 진지한 얼굴로 조금 떨리는 목소리로 말했다.

"미즈노 씨의 소중한 추억을 앞으로는 폄훼하지 않을게. 그러니까……."

안도가 아이처럼 수줍게 웃으며 아이를 쳐다봤다.

"일단 나와도 친구가 돼주지 않겠어?"

아이가 놀랐는지 안도를 쳐다보면서 눈을 여러 번 껌뻑인 뒤.

기뻐하는 표정으로 웃었다.

"응, 고마워! 친구가 되자! 안도 군!"

아이가 웃으며 안도에게 오른손을 내밀었다.

두 사람은 조금 겸연쩍어하며 악수를 나눴다. 그러고는 아이도 자세를 가다듬었다.

"그럼 내 차례. 나도 미안합니다."

아이가 고개를 숙였다.

그 모습을 보고서 안도가 당혹스러운지 고개를 가로저었다.

"됐어, 괜찮아."

"친구랑 놀고 있는데 딴 사람 얘기를 하는 건 엄청 무례한 짓이었어. 미안해."

아이가 말하고서 송구스러운 듯 미소 지었다.

왠지 긴장감이 감도는 두 사람의 대화를 숨죽인 채 듣고 있던 나는 비로소 숨을 서서히 내뱉을 수 있었다.

대화를 나누면 아이도 자신의 행동을 고치는구나……. 새로운 발견.

그리고 한편으로는 안도와 아이의 관계가 험악해지지 않아서 안심하기도 했다.

두 가지 감정이 가슴속에서 부드럽게 뒤섞였다.

"또 놀자! 다음에는 둘 다 가본 적이 없는 곳에 가자."

아이가 말하고서 웃었다.

안도가 반짝반짝 환한 얼굴로 고개를 끄덕였다.

"오! 꼭이야!"

"응! 그럼 이만!"

아이가 산뜻하게 미소 짓고서 복도를 걸어갔다.

그 뒷모습을 멍하니 바라보다가 안도가 내 쪽으로 고개를 획 돌렸다.

"······좋은 예감이, 느껴지네."

"그럴지도. 안도는 좋은 녀석인걸."

내가 웃으며 고개를 끄덕이자 안도가 눈부시게 웃으며 고개를 끄덕였다.

"그런 말 자주 들어!"

그런 긍정적인 면을 조금 나눠 받았으면 싶었다.

이야기가 잘 정리돼서 다행이네······, 하고 생각하고 있으니.

종종걸음으로 되돌아오고 있는 아이의 모습이 보여서 고개를 들었다.

이쪽으로 다시 다가온 아이가 복도와 교실 사이에 난 창문으로 몸을 내밀었다.

"미안, 말하는 걸 깜빡했어!"

아이가 안도 쪽을 보고 말했다. 안도가 벙벙한 얼굴로 아이를 봤다.

아이가 꾸밈없이 웃으며 말한다.

"유즈루와의 약속이 겹쳐지면 유즈루 쪽을 우선할 테니 그리 알아둬!"

"어?"

"유즈루랑 나, 쪽 할 만큼 사이가 좋으니까!"

"하?"

"그럼 이만!"

아이가 그 말만 하고서 복도를 또 달려갔다.

나와 안도, 그리고 오다지마는 기막혀하면서 그녀의 뒷모습을 바라봤다.

"……아사다."

"……뭐야."

안도가 고개를 기기긱, 하고 이쪽으로 돌렸다. 엄청난 표정이었다.

"쪽…… 했던 거냐."

"………………안 했어."

"방금 왜 뜸을 들였냐!! 한 거냐?!"

"안, 안 했대도!! 아파!! 왜 때려!!"

"짜증 나니까."

안도는 따져 묻고, 오다지마는 뒤통수를 냅다 갈겼다. 그야말로 엉망진창이다.

수업 시작을 알리는 종이 울리자 담임교사인 히라카즈가 시각에 딱 맞춰 교실에 들어왔다.

"인사~."

히라카즈가 하품을 하며 말하자 학생들이 일어섰다.

안도가 나와 히라카즈를 번갈아 보더니.

"이따가 낱낱이 캐물을 거다. 기필코!"

그 말을 남기고서 자기 자리로 돌아가 버렸다.

"경례!"

"안녕하세요~."

반 위원장이 호령하자 모두들 나른하게 인사하고서 착석했다.

히라카즈가 의욕 없는 목소리로 아침 홈룸을 시작했다.

누군가가 내 어깨를 툭 건드렸다.

돌아보니 오다지마가 퉁명스러운 얼굴로 쳐다보고 있었다.

"뭐야?"

"……쪽 했어?"

"그러니까 안 했대도."

당하긴 했지만.

그래도 그건…… '친구로서 한 것'이니까. 스스로에게 그렇게 말했다.

두 사람이 상상할 법한 그 행위가 아님은 틀림없다.

"흐응."

오다지마가 여전히 떨떠름한 표정으로 고개를 끄덕였다.

"그럼…… 화해는,"

또 무뚝뚝하게 물었다.

나는 아차 싶은 마음에, 숨을 삼켰다.

그래. 오다지마의 그 말이 아이와의 관계를 다시금 생각해보는 계기를 줬다.

그녀와 대화를 나누지 않았더라면 그 후에 비를 맞고 있는 아이와 맞닥뜨렸더라도 속내를 솔직히 주고받고서 지금처럼 관계를 되돌리지 못했을지도 모른다.

그리고 오다지마는 지금도 나를 신경 써주고 있다.

"응…… 덕분에."

내가 고개를 꾸벅 숙이자 오다지마가 흥, 소리를 냈다.

"그래? 잘됐네."

오다지마가 나를 힐끗 봤다.

"……근데 사귀기 시작한 건 아니다?"

"응. 다시 친구부터."

"쪽……도 안 했다?"

"그러니까 안 했대도, 끈질기네."

"그래."

오다지마가 담백하게 대답하고서 머리카락 끝을 만지작거리며 불쑥 말했다.

"나, 유령부원 그만둘까 봐."

"어……."

나는 높은 곳에서 추락한 것 같은 감각에 휩싸였다.

"독서부…… 그만둘 거야?"

내가 묻자 오다지마가 순간 어리둥절한 표정을 지었다가 혀를 찼다. 그러고는 내 의자를 팍! 찼다.

"아냐! 그러니까……."

오다지마가 뾰로통한 얼굴로 책상 위를 내려다보고는 툭 던지듯 말했다.

"매일 가겠다는 말이야."

나는 그 말을 듣고서 눈이 동그래졌다.

내장이 욱신거리는 감각이 순식간에 사라졌다.

"그, 그렇구나……!"

시간이나 때우려고 부실에 오던 오다지마.

그녀는 왠지 들고양이 같아서 언젠가 부실에서 훌쩍 사라지지 않을까 싶은 덧없는 인상을 풍긴다.

그런 오다지마가 매일 부실에 얼굴을 비추겠단다.

나에게는 정말로 낭보였다.

"오호~, 기쁜 소식이네, 그거."

내가 솔직하게 말하자 오다지마가 눈을 동그랗게 뜨고서 고개를 홱 돌렸다.

"지금이랑 별반 다를 거 없어. 시간을 때울 만한 곳을 매일 물색하는 게 귀찮아졌을 뿐."

"알고 있어. 그래도 기뻐."

내가 말하자 오다지마가 왠지 창피한 듯 시선을 이리저리 돌리고서.

"아, 그래?"

그렇게만 말했다.

"아사다 군?"

히라카즈의 목소리가 교실에 울려 퍼졌다.

아차 싶었다.

교단에 서 있는 히라카즈 쪽으로 서서히 몸을 돌렸다.

"예……."

"얘기 들었나?"

"듣지 못했습니다. 죄송합니다."

"뭐, 그렇겠지. 반에서 제일 귀엽기로 소문난 멋진 여자애랑 어울리는 게 나 같은 아저씨 얼굴을 보는 것보다야 즐거울 테니."

교실에서 웃음이 일었다.

건수를 제대로 잡았다는 듯이 놀려대서 창피하긴 했지만, 대놓고 뒤를 돌아보며 재잘거린 것도 사실이니 별수 없다.

"죄송합니다……."

"그럼 오늘 당번 잘 부탁한다."

"예……."

내가 고개를 끄덕이자마자 마침 원래 오늘 당번이었던 안도가 '아싸!' 하고 호들갑을 떨며 승리 포즈를 취했다.

교실에서 학생들이 또 낄낄거렸다.

"후훗…… 바보."

뒤에서 오다지마가 나직이 말해서 나는 어금니를 악물었다.

"마음이 들떠서 그런 거야."

내가 뒤를 돌아볼 수 없는 상황을 이용하듯 오다지마가 마음대로 떠들어 대고 있다.

들뜨지 않았다.

그렇게 받아쳐 주고 싶은 마음도 있긴 하지만.

오다지마의 말이 맞는지도 모르겠다는 생각도 들었다.

아이와 함께 웃을 수 있는 날이 또 올 줄은 상상도 못했다.

그리고 오다지마도 매일 착실히 부실에 얼굴을 비추겠단다.

그리고…… 안도가 아이를 진심으로 좋아한다는 것도 알았다.

그 모든 게 기뻤다.

중학생 시절 아이는 자유롭게 살아가기 위해서 누군가와 학교생활을 보내는 것을 완전히 포기한 것처럼 행동했다.

귀여운데 이상한 녀석.

그런 소문에 짓눌려서 그녀의 말을 빌리자면 '교실에 갇혀 있었던 것'이다.

그러나 지금은 다르다.

나와 친구가 됐고.

안도와도 분명 앞으로도 친하게 지내겠지. 만약이지만, 경우에 따라서는…… 연인이 될지도 모르겠다.

그렇게 되길 바라지는 않지만, 그 역시 앞으로의 내 행동에 달렸다.

그리고 오다지마도 왠지 아이와 친해질 것 같은 예감이 들었다.

그렇게 조금씩 '학교'라는 곳에서도 지금까지와는 다른 관계성이 생겨나 하루하루를 즐겁게 보낸다……. 그런 삶 속에서 나도 더 좋아해 주길 바란다.

나도 아이와 학교생활을 보내면서 분명 그녀를 더욱 좋아하게 되겠지.

그런 미래를 상상하고서.

"……하하."

작게, 웃음이 새어 나오고 말았다.

나는 분명 들떠 있다.

"아사다 군?"

히라카즈가 그런 나를 실눈으로 쳐다봤다.

홈룸이 재개된 줄 알았더니만 히라카즈가 여전히 나에게 눈빛을 번뜩이고 있었던 모양이다.

"오다지마랑 어울리는 게 그리도 재밌었나?"

히라카즈가 싱글벙글 웃으면서 비아냥거렸다.

무슨 말을 더 들을까 봐 나는 고개를 끄덕이고서 말한다.

"노트도 나르겠습니다."

그러자 교실이 쏴 들끓었다.

"그건 됐고. 일단 얘기나 제대로 들어둬."

히라카즈가 말하자 나도 피식 웃으면서 고개를 끄덕였다.

학교에서 오랜만에 맞이한 마음 편안한 아침이었다.

에필로그

YOU ARE

A story of love and
dialogue between
a boy and a girl with
regrets.

MY REGRET...

면을 스르릅 빨아들이는 소리가 부실에 울린다.

나는 목덜미를 타고 흘러내리는 땀을 수건으로 훔쳤다.

본격적으로 초여름에 접어들자 부실 공기가 축축해져 후덥지근했다.

에어컨을 가동하긴 했지만, 학교 건물 맨 구석에 있는 이 부실에 설치된 에어컨은 아주 고물이라서 실온이 전혀 내려가질 않는다.

켜지 않는 것보다는 그나마 나은 수준.

나는 소파에서 컵라면을 먹고 있는 오다지마를 곁눈으로 보고 중얼거렸다.

"이렇게 더운데 용케 컵라면을 먹고 있네."

내가 말하자 오다지마가 고개를 들고서 한쪽 눈썹을 치올렸다.

"무슨 소리야. 이렇게 더운 날씨를 이겨내고 먹으니까 엄청 맛있는 거라고."

"아, 그래……."

오다지마가 무슨 말을 하는지 잘 모르겠지만, 그녀에게는 그녀 나름의 완고한 철학이 있다. 그것에 트집을 잡는 건 공연한 시간 낭비다.

그러나 무더위 속에서 구슬 같은 땀방울을 흘리며 라면을 먹고 있는 오다지마를 보고 있노라니 나까지 더워지는 듯한 기분이다.

나는 그녀에게서 시선을 떼고서 문고본을 들었다.

책을 살 때 받은 종이 북커버가 손가락의 땀에 젖어 너덜너덜해졌다.

"유즈도 말이야, 용케 매일 질리지도 않고 독서를 하네. 이렇게 더운데."

오다지마가 말했다.

나는 고개를 갸웃거리고서 콧소리를 냈다.

"더위랑 독서가 관계가 있어?"

"아~, 없을지도. 근데 이렇게 더우면 아무것도 하고 싶지 않잖아."

오다지마가 말하고서 다시 면을 스르릅 먹었다. 그러고서 작은 목소리로 '더워……' 하고 중얼거렸다.

나는 흠, 하고 콧소리를 내고서 '그렇긴 하네' 하고 고개를 끄덕였다.

"근데 왠지 마음이 차분해져. 독서를 하면."

나는 문고본을 내려다봤다.

이 작은 사각형 물체 속에 담긴 이야기나 지식에 몸을 맡기는 것은 내 일상의 일부다.

내 생활. 일상.

매일 해야 할 일을 척척 수행해 가는 것은 왠지 편안하다.

"수업을 듣고, 방과 후에는 부실에 가서 책을 읽고. 소파에는 오다지마가 앉아 있고……."

나는 문고본 겉면을 매만지면서 말을 이어나갔다.

"그런 '변함없는 일상'을 보내면 생각보다 더 마음이 편안해져."

내가 말하고서 오다지마 쪽을 보니 그녀가 왠지 멍한 표정으로 나를 보고 있었다.

나와 시선을 마주치자 그녀가 황급히 시선을 돌렸다.

"……아, 그래."

오다지마가 퉁명스럽게 말하고서 젓가락으로 컵라면 국물을 휘저었다.

그녀가 따분할 때 으레 보여주는 버릇이다.

"유즈의 우주 속에………… 나도 있구나."

"어?"

"아니야, 암것도."

오다지마가 또 나를 보더니 검지로 척 가리켰다.

"카오루."

"응?"

"언제까지 오다지마라고 부를 거야. 슬슬 이름으로 불러주지 않을래?"

"아, 아아……."

그러고 보니 오다지마와 만난 지 시간이 꽤 지났는데도 아직도 성으로 부르고 있다.

그녀도 처음에는 나를 성으로 불렀을 텐데 어느새 이름을 뛰어넘어 '유즈'라고 부르고 있다. 너무나도 자연스러워서 언제부터 그렇게 됐는지 기억나질 않는다.

"카……."

막상 이름으로 부르려고 하니 왠지 갑자기 창피해졌다.

"가, 갑자기 이름으로 부르라고 한들……."

내가 그렇게 말하자 오다지마가 불만스러운지 입술을 삐죽 내밀었다.

"뭐야, 이제 중딩도 아닌데 그런 걸 부끄러워하니."

"남자가 여자 이름을 부르는 건 용기가 필요하다고."

"미즈노 씨는 이름으로 잘만 부르면서."

"아이는 중학생 시절부터……."

"아~아~, 쫑알쫑알 시끄러워! 그만 떠들고 불러 봐."

그녀가 강요하자 나는 얼굴을 붉히고서 애꿎은 바닥만 이리저리 훑어봤다.

"카, 카……."

이름으로 부르려다가 입을 또 다물었다.

나에게 부끄러운 행동을 요구했으니 오다지마도 나에게 무언가 양보해 줘야만 한다.

나는 이 상황을 모면할 수 있는 구실을 떠올리고서 그녀의 가슴을 가리켰다.

"오다지마가…… 두 번째 단추를, 채운다면."

"하?"

"네, 네가, 두 번째 단추를 제대로 채운다면, 나도 이름으로 부를게."

내가 말하자 오다지마가 몇 초쯤 어리둥절해하다가.

활짝 웃어보였다.

"괜찮겠어?"

"뭐가."

"속옷, 더는 엿볼 수 없을 텐데?"

그 말에 나는 얼굴을 붉히고서 언성을 높였다.

"보고 싶어서 본 게 아니거든?!"

"흐응? 아, 그래."

오다지마가 짓궂게 키득 웃고서 젓가락을 컵라면 용기 위에 올려두고서 와이셔츠 단추에 손을 댔다.

그러고는 두 번째 단추를 천천히 채웠다.

그 순간 왠지 오다지마의 분위기가 바뀐 듯 느껴졌다. 단추 하나 채웠을 뿐인데 이렇게나 달라지나.

내가 입을 벌린 채 보고 있으니 오다지마가 촉촉한 눈동자로 나를 보고 말했다.

"자, 어서 불러. 색골."

"누가 색골이야."

"얼~른~."

오다지마가 재촉하듯 손뼉을 짝짝 때렸다.

나는 오다지마가 단추를 채우기 싫어서 단념할 줄 알았다. 그런데 내 예상과 달리 그녀가 선선히 단추를 채웠다.

한 번 내뱉은 말을 다시 주워 담을 수 없다.

나는 긴장한 나머지 바짝바짝 말라버린 입을 벌렸다.

"카······."

얼굴이 화끈거리는 것을 느끼면서 말했다.

"카오루……."

내가 이름으로 부르자 카오루가 눈을 크게 뜨고서 숨을 크게 들이마셨다.

그러고는 숨을 내뱉자마자 나도 알아차릴 수 있을 정도로 얼굴을 붉혔다.

"……진짜로 불렀네."

"왜, 왜냐면 네가 단추를 채웠으니까……."

"아니, 뭐, 그렇긴 하지만……."

"네가 이름으로 부르라고 해놓고서 겸연쩍어하면 어떻게 하냐?!"

"시끄러워~!"

카오루가 천적을 위협하는 동물마냥 두 팔을 벌리고서 언성을 높였다. 오늘도 입고 있는 카디건의 품이 넉넉하다.

"후~…… 뭐, 됐어."

카오루가 그리 말하고서 두 번째 단추를 휙 풀었다.

나는 기가 막혔다.

"어?"

"뭐야."

"아니, 단추."

"앞으로 쭉 채우겠다고는 하지 않았어."

"치사해!"

내가 목소리를 높이자 카오루가 밉살스럽게 웃고서 다시 젓가락을 들었다.

그러고는 의기양양한 얼굴로 말했다.

"규칙을 확인하는 건 게임의 기본이거든."

"카오루랑 달리 난 게임 같은 건 그다지……."

내가 말하자 카오루가 젓가락을 든 채로 눈이 동그래져서는 이쪽을 쳐다봤다.

내가 왜 그러냐고 의아해하며 쳐다보자 그녀가 갑자기 웃음을 터뜨렸다.

"아하하!"

"뭐, 뭐야……."

"아니, 암것도 아냐, 후후……."

카오루가 어째선지 젓가락으로 컵라면 국물을 신나게 휘젓고서 면을 집었다.

"유즈는 그런 거 엄청 치사하다고 생각하는구나."

"그러니까 뭐가!"

"이제 됐다니까, 바~보."

카오루가 즐겁게 웃고서 다시 컵라면을 스르릅 먹기 시작했다.

"뭐야, 진짜……."

나는 방금 전까지 대화를 나누면서 오직 창피한 마음뿐이었다.

한숨을 내쉬고서 곁눈으로 카오루를 쳐다봤다. 그녀는 이제 대화는 끝났다는 듯이 라면을 먹는 데 또 집중하기 시작했다.

나도 독서를 재개하려고 문고본을 들었을 때.

"아."

때마침 최종 하교 시각을 알리는 종이 울렸다.

"벌써 시간이 이렇게……."

오늘은 오랫동안 독서에 집중하기도 했지만, 카오루와 대화를 나눠서인지 시간이 매우 빠르게 흘러간 것 같다.

그날 선언했던 대로 카오루는 등교하는 날에는 언제나 방과 후에 부실에 오게 됐다.

여전히 소파에 앉아서 스마트폰을 갖고 놀거나, 만화를 읽기 일쑤지만, 그래도 그녀가 매일 얼굴을 비춰서 몹시 기쁘다.

"문 잠가야 해. 빨리 먹어."

"응. 이제 다 먹었어."

마침 카오루는 컵을 기울여 국물을 먹고 있는 중이었다.

'국물을 다 마시면 몸에 나쁠 텐데'라는 생각을 늘 하지만, 부실에서 몰래 먹는 처지라서 남은 국물을 버릴 장소가 없다.

국물을 꿀꺽 다 들이키고서 카오루가 편의점 비닐봉투에 쓰레기를 담고서 주둥이를 꽉 묶었다.

"오케이."

카오루가 소파에서 일어나 고개를 끄덕였다.

나도 마찬가지로 고개를 끄덕이고서 창문을 잠근 뒤 부실을 나섰다.

부실 문을 잠그고 있으니.

"……돌아가고 싶지 않아."

카오루가 나직이 중얼거렸다.

나에게 한 말인지도 모르겠고, 내가 어떻게 해줄 수 없음을 잘 알기에 굳이 못 들은 척했다.

"열쇠, 반납하고 올게. 같이 돌아갈래?"

내가 묻자 카오루가 순간 고민이 되는지 눈동자를 굴리다가 이내 고개를 가로저었다.

"……아니, 오늘은 혼자 돌아갈게."

"그래? 해가 길어져서 아직 환하긴 하지만 조심해."

내가 말하자 카오루가 조금 쓸쓸해하는 미소를 짓고서 고개를 끄덕였다.

"유즈루…… 내일 봐."

카오루가 그렇게 말하자 나는 눈이 동그래졌다.

평소에 카오루는 아무 말도 하지 않거나, '그럼 이만' 하고 무심하게 인사하고서 돌아간다.

그녀가 본인답지 않게 정중하게 인사하자 나는 어안이 벙벙해졌다.

그러나 곰곰이 생각해보니 오늘따라 괜스레 인사하고 싶은 마음이 들었는지도 모른다. 그래서 놀란 기색을 보이지 말고, 평범하게 받아주기로 생각을 고쳐먹었다.

"응, 내일 보자."

내가 작별 인사를 하자 카오루가 고개를 끄덕이고서 신발장 쪽으로 걸어갔다.

나도 직원실에 가기 위해서 계단 쪽으로 걸어나갔다.

"유즈!"

갑자기 이름이 불리자 나는 화들짝 놀라 돌아봤다.

카오루가 복도 한가운데에 서서 이쪽을 보고 있었다.

"뭐야?"

"한 번 더, 불러줘!"

카오루가 말했다.

"어?"

"이름, 불러줘!"

"아, 아아……."

왜 그런 부탁을.

그런 생각이 들었지만.

"카오루, 내일 보자."

잔소리를 늘어놨다가는 그녀와 또 오랫동안 입씨름을 벌일 것 같아서 나는 순순히 그녀의 이름을 불러주고서 손을 흔들었다.

카오루가 순간 뭐라 표현할 수 없는 표정을 짓고는.

"응, 내일 봐."

미소를 짓고서 나에게 손을 흔들었다.

그리고 이번에야말로 신발장 쪽으로 서서히 걸어갔다.

"……뭐지?"

왠지 낌새가 이상한 듯한 카오루의 등을 몇 초쯤 바라보고서 나는 다시 직원실로 향했다.

평소처럼 열쇠를 반납하고서 신발장에서 신발을 갈아 신었다.

이제 곧 19시인데도 여름으로 접어들고 있는 이 계절의 저녁은 아직 훤하다.

내가 집에서 가장 가까운 역에 도착할 즈음에 하늘이 확 어두워지기 시작하겠지.

숨을 깊이 들이마셨다.

축축한 흙과 풀 냄새가 풍겼다.

운동장에서 철수하는 운동부원들의 목소리.

좋아하는 시간대다.

교문 쪽으로 시선을 돌렸지만 카오루의 모습은 보이지 않는다.

그녀는 몸집이 자그마한데 의외로 빨리 걷는다. 진즉에 교문을 빠져나가 귀갓길에 올랐겠지.

"……나도, 돌아가자."

작게 중얼거리고서 걸어나갔다.

부실에서 카오루와 나눴던 대화를 떠올렸다.

내 일상의 이야기.

수업을 듣고, 방과 후에는 부실에서 책을 읽는다. 소파에는 카오루가 앉아 있고, 하교를 알리는 종이 울리면 부실을 나서고, 운동부원들의 목소리에 휩싸여 오늘이 끝나가는 것을 느끼면서…… 집으로 돌아간다.

흔하고 단조롭지만 마음이 편안한 생활의 리듬.

봄에는 몸을 간지럽히는 바람이 불러오고, 여름에는 축축한 공기가 온몸을 감싼다. 가을에는 조금 쌀쌀해진 바람을 느끼고, 겨울에는 내가 내뱉은 숨이 얼마나 뜨거운지를 새삼 깨닫는다.

나는 그 모든 것들을 줄곧 당연하다고 여겨왔다.

그러나 그것을 느끼고자 집중하지 않는다면, 귀를 쫑긋 세우지 않는다면 리듬은 들리지 않는다.

일상 구석구석에서 아담하게 숨 쉬고 있는 리듬을 언제부턴가 좋아하게 된 계기는 분명…….

"유~즈~루!"

찰싹! 등을 얻어맞았다.

나는 몸을 흠칫 떨고서 돌아봤다.

뒤에서 활짝 웃으며 서 있는 사람은 아이였다.

"아이."

"돌아가는 길?"

"물론…… 최종 하교 시각이잖아."

"그러네. 같이 돌아가자!"

아이가 당연하다는 듯 나란히 걷기 시작했다.

머릿속에서 그리고 있었던 인물이 마침 나타나자 나는 혼자서 쓴웃음을 지었다.

이렇게 타이밍이 좋은 것도 내가 그녀에게 마음을 사로잡힌 이유 중 하나일지도 모른다.

나는 생활 속에서 반짝거리는 것들을 미즈노 아이라는 소녀를 통해 드디어 찾아낼 수 있게 됐다.

어렸을 적부터 문학 세계에 몰두했던 나는 문학으로 표현된 아름다운 정경이나 이야기만 상상하려고 했을 뿐 현실 속 그 반짝임을 보려고 하지 않았다.

그러나 그녀는 눈빛을 반짝이며 세계를 받아들였고, 나에게 하나하나 전해줬다.

나는 그녀의 말에 말장구를 치면서 조금씩 자신의 세계도 넓혀나갔다.

"유즈루, 부활동 재밌었어?"

아이가 내 얼굴을 들여다보듯 몸을 기울이며 물었다.

나는 쓴웃음을 지으며 고개를 끄덕였다.

"응. 그래봤자 책을 읽기만 했지만."

"근데 카오루 짱도 있었지?"

"스마트폰을 갖고 놀다가 라면을 먹었어."

"아하하, 평소랑 똑같네."

예상한 대로 아이와 카오루는 마음을 터놓는 사이가 됐다.

이따금씩 부실에 불쑥 찾아와서는 카오루와 두서없이 담소를 나누곤 한다.

처음에 카오루는 성가시다는 태도를 취했지만, 의외로 싫지 않았는지 요즘에는 친해진 것처럼 보인다.

아이가 작은 새처럼 고개를 갸웃거리며 내 학교 가방을

보고 말했다.

"오늘은 뭘 읽었어?"

그녀의 눈이 학교 가방을 향하고 있지만, 아마도 그 안에 담겨 있을 문고본을 주시하고 있겠지.

나는 가방에서 문고본을 꺼내 너덜너덜해진 북커버를 벗겨 표지를 아이에게 보였다.

「어찌하여 우주는 탄생했는가」라는 책."

"또 어려워 보이는 책."

"흥미가 좀 생겨서."

내가 말하자 아이가 눈을 동그랗게 뜨고서 이번에는 반대쪽으로 고개를 기울였다.

"왜? 어째서 우주에 흥미가 생긴 거야?"

그녀가 묻자 나는 무심코 웃음이 나왔다. 마치 어린애 같구나 싶었다.

부모가 무슨 말을 하거나 행동할 때마다 '왜?' 하고 물으며 지혜를 조금씩 키워나가는 아이 같았다.

"별로, 재미난 얘긴 아냐."

나는 그렇게 대답했다.

우주에 흥미가 생긴 계기는 카오루와의 대화였다.

그녀는 대화를 하다가 종종 '우주'라는 단어를 사용한다.

그 단어가 거창하게 느껴질 때도 있고, 비유로써 묘하게 잘 맞아떨어지는 때도 있어서 나는 신기했다.

우주.

입에 담아보니 엄청난 개념이다. 그 크기조차 정확히 모른다.

그렇기에 카오루가 '우주'라는 단어로 표현하려는 크기도 늘 달라서 나는 매번 다른 인상을 받는다.

그래서 왠지 우주가 무엇인지 알고 싶어졌다.

내가 머릿속으로 생각하고 있으니 아이가 뿌~, 하고 뺨을 부풀렸다.

"재밌는지 아닌지는 내가 정해!"

아이가 허리에 손을 댔다.

"게다가 재미난 얘기가 아니더라도 유즈루의 얘기는 듣고 싶은걸."

그렇게 말하는 아이의 얼굴을 보고 나는 속으로 또 반성했다.

그래.

이 역시 나와 아이가 천천히 키워 나가고 있는 생활의 리듬 중 하나다.

내가 시시하다고 여길지라도 그녀는 그렇게 받아들이지 않을지도 모른다.

만약에 정말로 시시하게 받아들이더라도 '그거참 시시하네' 하고 말하며 서로 웃을 수 있는 날이 오면 그것으로 족하다.

마음을 말로 표현하여 상대방에게 전한다……. 그 과정을 반복하며 우리 둘의 '관계'를 만들어나간다.

"그러네. 미안."

나는 사과하고서 교문 너머를 쳐다봤다.

카오루를 떠올렸다.

"카오루가 말이야. 대화를 하다가 종종 '우주'라는 단어를 사용해."

"아! 맞아. 나도 몇 번인가 들은 적이 있는 것 같아."

"그치? 그래서 말이야……."

나는 아이에게 왜 우주에 흥미가 생겼는지 자초지종을 차근차근 들려줬다.

다른 빛깔을 지닌 우주가 한데 합쳐지면 꼭 같은 빛깔로 빛나야만 하는 건가?

그날, 카오루가, 부실에서, 그렇게 말했다.

내 안에 반짝임이 있다면 그건 분명 지금껏 살아왔던 길과 흥미를 느꼈던 것들에서 비롯되었으리라.

그리고 아이가 지니고 있는 반짝임도 마찬가지다.

그런 것들을 조금씩 공유하고.

조금씩 이해하고.

그리하여 언젠가 같은 우주를 공유할 수 있게 되면 좋겠구나 싶다.

아이는 나의 '후회'였다.

그러나 그 얼어붙었던 '후회'를 한결같은 열기로 녹여준 사람 역시 아이였다.

아이의 솔직한 외침이 내 마음속 외침을 비로소 이끌어 냈다.

그러니 이번에는. 이번에야말로.

서로 더는 외칠 필요가 없는, 그런 온건한 소통을 조금씩 쌓아나가자. 평범하고도 독특한 리듬 속에서 서로 편안하게 웃을 수 있는 그런 관계를 상상하자.

나와 아이 사이에 번져 있던 '후회'는 석양 속에서 조금씩 '미래'로 바뀌어 간다.

우리 둘의 로퍼가 바닥을 또각또각 내딛는 소리가 들려온다.

내 말에 말장구를 치는 아이의 공처럼 톡톡 튀는 목소리가 그 발소리에 포개진다.

편안한 리듬이 마음에 새겨져간다.

그것은 눈물이 핑 돌 만큼 행복하고도 흔해빠진 리듬이었다.

작 가 후 기

처음 뵙겠습니다. 시메사바입니다.

인터넷에서 소소하게 글을 쓰고 있는 사람입니다. 이번이 대쉬 엑스 문고에서 출간된 두 번째 작품입니다. 좋은 인연 이 닿아서 참으로 감사한 마음입니다.

뜬금없습니다만 차한(일본식 볶음밥) 이야기를 하겠습니다.

차한, 맛있지요. 더욱이 만드는 방법도 간단. 아주 좋아합니다.

들어가는 재료도 적어서 좋습니다. 최악의 경우에는 흰쌀밥과 식용유와 계란만 준비하여 프라이팬에 볶기만 해도 '차한'이라고 우길 수 있는 요리가 완성됩니다. 그래서 학생 시절에는 정말로 그 식재료만 가지고서 차한을 요리해 먹기도 했습니다.

자, 이제부터가 본론입니다. 지금껏 저는 제 자신이 '차한을 잘 만드는 사람'이라고 굳게 믿으며 살아왔습니다. 아니, 빈말이 아니라 못하는 편은 아니라고 생각합니다.

프라이팬만 가지고도 보슬보슬한 차한을 만들 줄 압니다. 친가에서도 종종 어머니가 '차한 좀 만들어 다오' 하고 부탁할 만큼 맛있게 만들 자신이 있습니다.(참고로 어머니는 요리를 무척 잘 하십니다).

그런데 자취를 시작하고 집 근처 중화반점에서 '마늘 차한'을 먹은 후로 그 자신감이 완전히 산산조각 났습니다.

밥알은 몽글몽글한데 입 안에 들어가면 스르르 녹아내립니다. 그리고 마늘은 동글동글한 녀석(한 알을 절반 크기로 자른 녀석)이 들어가 있는데, 잘 쪘는지 향이 그윽하게 감돌면서도 역하지 않습니다. 정말로 깜짝 놀랄 만큼 맛있었습니다.

전 차한을 '보슬보슬'하게 만드는 데에만 열중한 나머지 밥알의 몽글몽글한 식감과 보슬보슬한 식감을 모두 살릴 수 있다는 사실을 간과하고 말았던 겁니다.

그야말로 우물 안 개구리가 따로 없습니다…….

그 이후로 차한을 만들 때마다 그 중화반점의 차한에 다가가기 위해서 궁리를 거듭했습니다. 그리고 완전히 재현했다고는 할 수 없지만 서서히 근접해 가고 있다는 느낌이 듭니다.

이번에는 차한 이야기가 나왔습니다만, 제가 나름 자신 있어하는 분야에서 그 자신감을 때려부수는 존재와 만날 때마다 더욱 스텝 업할 수 있는 기회가 생긴 것 같아서 기쁩니다.

앞으로도 이상적인 차한을 더욱 연구해나갈 생각입니다.

자, 여기서부터는 감사 인사를 올리겠습니다.

우선은 대표작이 하나뿐인 저에게 말을 걸어주시고, 책이 출간될 때까지 챙겨주신 카지와라 편집자님, 감사합니다. 시샤(물담배) 전문점에 종종 함께 어울려 주셔서 정신적으로 도움이 꽤 됐습니다.

다음으로는 공사다망한 와중에도 멋진 일러스트로 캐릭

터들에게 생명을 불어넣어주신 일러스트레이터 시구레 우이 씨, 정말로 감사합니다. 일러스트를 하나씩 받을 때마다 편집자님과 장문의 감상평을 주고받았습니다……. '아이'라는 히로인은 시구레 씨의 일러스트를 만남으로써 '완벽'에 다다른 것 같습니다.

그리고 분명 저보다도 문장을 더 진지하게 읽어주셨을 교정 담당자님과 그 밖에 출판 과정에 관여해 주신 모든 분들께 진심으로 감사드립니다. 고맙습니다.

마지막으로 이 책을 구입해 주신 여러분, 감사합니다. 저는 주로 음지에서 소설을 써왔습니다만, 이번에 양지에서 출간된 이 작품도 재미있게 읽어주셨다면 기쁘겠습니다.

여러분들과 제가 쓴 이야기가 또 만나길 기원하면서 후기를 마무리하겠습니다.

시메사바

KIMI WA BOKU NO REGRET
ⓒ 2021 by Simesaba
Illustrator: Ui shigure
All rights reserved.
First published in 2021 by SHUEISHA Inc., Tokyo
Korean translation rights ⓒ2023 by Somy Media, Inc.

너는 나의 후회 1

2023년 3월 1일 1판 1쇄 발행

저　　　자 시메사바
일 러 스 트 시구레 우이
옮 긴 이 박춘상
발 행 인 유재옥
본 부 장 조병권
담당편집 정지원
편 집 1 팀 김준균 김혜연
편 집 2 팀 박치우 정영길 정지원 조찬희
편 집 3 팀 오준영 이해빈
편 집 4 팀 전태영 박소연
라이츠담당 김정미 맹미영 이윤서
디 지 털 박상섭 김지연
미　　　술 김보라 박민솔
발 행 처 ㈜소미미디어
인쇄제작처 ㈜코리아피앤피
등　　　록 제2015-000008호
주　　　소 서울시 마포구 토정로222, 403호 (신수동, 한국출판콘텐츠센터)
판　　　매 ㈜소미미디어
영　　　업 박종욱
마 케 팅 한민지 최원석 박수진 최정연
물　　　류 백철기 허석용
전　　　화 (02)567-3388, Fax (02)322-7665

ISBN 979-11-384-3589-5
ISBN 979-11-384-3588-8 (세트)